朱晓剑 著

吃茶记：
一半成都一半茶

品·味系列

花山文艺出版社

图书在版编目（CIP）数据

吃茶记：一半成都一半茶／朱晓剑著．— 石家庄：
花山文艺出版社，2018.4（2023.9 重印）
ISBN 978-7-5511-3910-6

Ⅰ．①吃… Ⅱ．①朱… Ⅲ．①随笔－作品集－中国－
当代 Ⅳ．① I267.1

中国版本图书馆 CIP 数据核字（2018）第 062230 号

书　　名：吃茶记：一半成都一半茶
著　　者：朱晓剑

责任编辑：贺　进
责任校对：李　伟
封面设计：侯霁轩
美术编辑：胡彤亮
版式设计：杨梦清
出版发行：花山文艺出版社（邮政编码：050061）
　　　　　（河北省石家庄市友谊北大街 330 号）
销售热线：0311-88643299/96/17/34
印　　刷：涿州汇美亿浓印刷有限公司
经　　销：新华书店
开　　本：880 毫米 ×1230 毫米　　1/32
印　　张：9
字　　数：214 千字
版　　次：2018 年 8 月第 1 版
　　　　　2023 年 9 月第 3 次印刷
书　　号：ISBN 978-7-5511-3910-6
定　　价：49.80 元

序

　　成都是一个爱喝茶的城市。不只是城市，在乡间小镇上也遍布着大量的茶馆。如华阳，就有记载说："入夜，镇中心的丁字街、正大街、茶房酒肆、小食摊点，座无虚席，人群熙熙攘攘直到三更方静。"这里的一间茶铺，晚上就可以卖茶两百碗。在唐昌，有家深田茶庄，其"区别于都市茶楼、农家乐茶室，以自然田园为幕，绿树翠竹为屏，冷泉清涧为脉，乡村生态为蕴，白鹭石蛙为邻，人性服务为基，茶香茶品为境，滤沉都市的一抹烦躁，还都市人心的一池静水"。这样的茶铺在成都以及周边遍布，可见成都人喝茶之潮流。因之留下了许多与茶相关的诗句。

　　成都是什么时候开始有茶铺的，迄今尚无定论。但从晚清至今的文献来看，成都市区的茶馆拥有量从几百家，到数千家之多，绝对是全国之冠。

1997年，我初到成都，看见街边的茶馆，坐着众多人群，无所事事，也颇觉好奇。那时成都尚流行录像厅，去看录像，老板就会泡一杯茶来，这等待遇，也是觉得新奇。这茶大概就是待客之道。

不过，在学校生活，能够喝茶的机会也有限，跟社会交际也不多。时常见诸报端的各色名人，偶然在茶馆里遇见，也是觉得有趣的事。但那时尚没有在成都定居的计划，自然觉得这些场景与自己关系不大。

多年以后，终于决定在成都定居，喝茶聊天似乎也是情理之中的事。不管是名人，还是普通百姓，大伙坐在一个茶馆里喝茶，也并没区分三六九等，各喝各的茶。

喝茶，在最初的几年，是乱喝茶，没有那么多的道理可讲（今天似乎也是如此）。因做媒体的缘故，认识的人多，喝茶地方也就经常变换，最讲究的是一个各人都方便的所在。由此，也就领略到了不同茶馆的风貌。

在成都居住的时间越来越久，对其中的生活体味也就愈加广泛。这也许就构成了不间断喝茶的动力。每次外出，也都会遇到这样那样的喝茶故事，由此也不妨将喝茶视为一种生活场里的活动。

　　每个人心目中都有一间茶馆。对成都人来说，不是喝茶，就是在去喝茶的路上，这当然是与成都人深得茶中三昧有关。在这本书里，我所关注的不只是茶事，也还有茶人，不仅有当下的茶事，也还有茶史。它以成都为中心，向周边辐射。关于平时所喝的茶，除了"咬三花"之外，成都的喝茶习惯也在悄悄发生变化。在这里，我所着眼的是对变化的关注。

　　喝茶，在成都人眼里，可能很少涉及茶道，陈锦将此定义为庶民之饮，是对成都喝茶文化的最好总结。不过，喝茶的功能不管如何演化，但喝茶的趣味，可能更为要紧一些，这也是构成我们日常生活的一部分，从这个角度看，成都人喝茶或许更有意思一些。

目录

卷壹 茶语

早茶

以前，我住在城里的时候，楼下有一家茶铺，风格简陋，大概两三块钱一杯茶，一大早，就坐满了喝早茶的老人，那情景看上去格外温暖，让人想起旧时的茶馆。成都的早茶，不像广东的早茶那般，有着丰富的内容，成都的早茶就是喝一点茶，缓一缓生活罢了。

我每次从楼下过，看见那安静的场面，也曾想参与其间。可看看像我这样的人进去多半是混迹江湖之感，那一种沧桑味，恐怕会被冲淡的。所以，更多的时候只是作为旁观者，看看就成。

有一回，我跟几个老成都坐在送仙桥的河边喝茶，聊天。他们说，这儿真是养精气神的好地方。因为早上一杯茶，唤醒的是生活的热度，哪怕是昨天的狂风暴雨，在一杯茶之后，都会变得风平浪静，日子得照常进行下去。举一个例子，有一位大娘，家里很穷，想吃好一点的饮食都要考虑一下，但每天早上都会去茶铺坐上一阵子，喝完茶，才开始一天的生活。倘若在家喝茶，也是能节约一点钱呢。可在家没有在茶铺的氛围，那氛围就是一个气场，茶气氤氲中，仿佛是升华了一种生活，这或许是茶之亮色的所在。

不过，像我这样的懒人，多半是起不来床，自然没有早茶可以喝，也就过得是平淡生活。搬到三环路外，犹如乡下一般，楼下没有茶铺，自然也没早茶，想着进城去喝一杯茶，也真是麻烦，来回折腾，不如在家泡菜，泡绿茶，滋味太淡，也只能将就了，连着喝了两三回，也没多少滋味。

跟钟二毛兄在深圳的茶餐厅喝早茶，那真是一道风景，吃吃喝喝，倒也惬意，但成都人却是体验不了茶餐厅的那种自在和饮食的流连。后来，我跟王国华、许石林兄在华侨城的一间茶餐厅相聚，许石林兄用饮料瓶带了一瓶白酒，喝酒，喝茶，闲聊，氛围也真是好。后来，王国华兄唱起了东北二人转，许石林兄来一段秦腔，这早茶就更活色生香了。写到这里，不免恨恨，什么时候再听一下他们的吟唱？

茶餐厅的饮食大都适宜小酌，茶是乌龙茶，或铁观音，两三个人喝喝茶，就有了一种意境。在成都的早茶，有一点简陋，却也有一份性情。有好几回去昆明，早上似乎从来没有早起，喝普洱茶，时间好像是从中午才开始算起的，跟张翔武、内陆飞鱼一起吃傣家菜的时候是中午，茶的印象寥寥，不像成都，把茶当成了一种生活。

早茶，也未必非得喝出几许名堂才成，不过是借茶来冲淡生活中的崎岖与不平。一杯茶，也不名贵，就街头寻常所见的茶，浓淡适宜，要的是喝出的那一种气场，好像是不经意间就演变了生活中的种种。不过，我想，这喝早茶的习惯，怕是以后也成为一种绝响，对上班族来说，奢侈，即便是休闲之余，还在忙着为生活打拼，哪里有闲情坐下来喝一杯茶呢。

很多生活习惯都会随着城市的变化而消失，常常是不经意的，回想起来，才发现它早已不见了。成都这几年的城市口号变化也快，从田园城市到成功之都，像很多地方一样，只看见 GDP 和商业化，真怕有一天人类像动物那样物质化，失掉了许多趣味，"扔掉了记忆的绳索，我们是多么幸福地生活"。

2013 年 8 月 31 日

　　成都的冬天，阴沉沉的，今年又变得灰蒙蒙的。这样的天气，让人生都觉得几乎变成了灰色。

　　因此，能待在家里就待在家里，尽量少出门，在成都生活，却像一位隐士，能不参加的活动，尽量不参加了。

　　艺术评论家、策展人陈又打来电话，约着喝茶。这有点意外。两年前，她去了上海，偶尔会路过成都，也早早约着喝茶，却从未兑现，想必是太忙，喝茶的闲事却顾不上。

　　喝茶的地点在陕西会馆。这是在陕西街上的蓉城饭店里的一处古建筑。到这里喝茶的人不多，大概跟成都茶馆氛围的热闹有关，这安静了许多。我曾数次来蓉城饭店参加活动，却未曾来这里喝茶。

　　这就像我家离金牛宾馆很近，却未曾去拜访张大千茶居一样。这样的事，在生活中有许许多多。

两点钟，我坐车至东城根街，再步行走到陕西街。冬阳暖暖，边晒太阳边走路，也惬意。刚好包里带了册寿岳章子的《京都思路》，漫步在京都，跟成都的氛围多少有些相像。

会馆里自成一个院落。最早，这里有四进院落，道路改建，面积就越来越小。好在还保存了原貌。院子里有两株银杏，因之，这也被称之为银杏园。倘若是秋天，一树金黄，也真是好风景。

房舍还是清代建筑，木造结构。这里也是酒店客房的一部分。在门楣上却挂着银杏画廊的匾额。画廊也是四川长江画院的所在地。坐在廊下，喝茶，也很舒服。整个下午就三四桌人，安静的氛围。诗人孙文也来了，跟他认识也有十多年的光景了。平时在一些场合相见，却难得有时间坐下来喝茶聊天。

点了壶胖大海养生茶。孙文上楼，端出一杯绿茶来，那是他的最爱。过了一阵，凌文艺术的李凌也来了。

喝茶，聊天。聊的是艺术，真不大懂得。成都虽为艺术之城，但像我这样，不懂艺术混迹于艺术圈的多了。看的是热闹吧。聊艺术家，说有一位艺术家，被介绍给外方，随后，他就丢开了介绍人，径直联系外方。如此，就弄得有点尴尬了。画品好，人品需更好。大家说。

作画做文，道理似乎一样。

举成都一些画家的例子，有一些虽没看过多少画作，因对艺术的关注，多少知道一些事。有的艺术家因为很会跟朋友交流，哪怕是成名之后，都不忘最初提携自己的人。这其实是做人的基本道理，懂得感恩，似乎也该成为常识了。

茶越喝越淡。看看银杏树，枝头上几许残叶。孙文送了册孙谦和、邱光平合著的《人马座升空：诗写邱光平艺术》。翻翻，书很不错，可惜装帧设计有点欠缺，没能把书的价值更好地表现出来。

想起以前在银杏树下喝茶的场景，这样的闲情也是很久都没有了。朋友都有事要忙，每次见面总会说着"下次喝茶，一定好好聊聊"，可久而久之，就没了下文。

在成都，许多约会当不得真，似乎男女约会例外。

有缘喝茶、晒太阳，无缘，哪怕是见了一面，也是匆匆的，更不要说坐下来，喝一杯茶，聊一阵天了，奢侈。

2014 年 1 月 5 日

雨中品茶

一早，看天灰蒙蒙的，欲下雨的样子。等到八点多，打电话给唐劳绮老师，问今天上午的东风大桥的天然居茶园的茶会，是不是还要继续。她说，以前在送仙桥喝茶，小雨也会去的。那就只好去了。

我出门时，天空开始飘起了秋雨。坐上公交车，再转进城里，雨似乎跟着车子前进。所以到了东风大桥的桥头，雨也开始下了起来。

天然居茶园已零散地坐了一些人。沙河老师和夫人也在其中。雨，一阵紧一阵。彭大泽先生跟唐老师选一地方坐下，聊天。彭先生曾出了一册《撕裂长夜的闪电》，是关于万有斥力理论的，既然有万有引力，也有其反面，其理论常与易经相关。原来只知道他在图书馆工作，想不到还在研究这个，真是让人惊奇。

雨渐渐地大了。

老板忙着撑雨伞，倒茶的事就摆在了一边。躲进一顶雨伞下，两张桌子，还是不够坐的，挪地方，折腾了几次才算是安定下来，等了半天，老板才泡上一杯花茶。

曾松茂、曾倩先后来了。徐立言则带来了自己泡的酒，以及豆腐干、猪头肉等小菜。大家聊天，说起微信、书画旧事，也真有不少资料，如五六十年代或稍后的成都书画市场，他们都是亲历者，说起来也是如数家珍，一些所谓的秘闻也被大家点滴回忆还原现场。

十一点钟，酒打开，又有几个人加入喝酒的行列，这一下就更热闹了。葛加林上次见还是十几年前，如今再见觉得活力不如当年。说起一段成都旧事，李兴辉说起来是绘声绘色，好像亲历了现场一般。

我坐在他们当中，却极少发言，这自然是源于我对这段历史的不熟悉，但通过这样的讲述，或许能还原历史的面目。

雨渐渐地小了。

喝茶的人也陆续多了起来，甚至还有人摆起了麻将桌，喧闹也多了些。偶然看到诗人龚静染在河边散步，打一声招呼，就坐下来喝茶、聊天。天南地北地闲聊。聊成都文化、画家生活。

再后来，大家散去，我跟龚静染继续聊天，说他当下的随笔写作和未来的长篇小说，这几部书持续关注五通桥。说起做地方文化的史料整理、追踪，刚好我手头也有这样的事在做。他说，不要急于出成果，花个十年时间去做，基本功做扎实，就不难出好作品。

四点半，各自散去，雨又开始下了起来。

2014 年 9 月 14 日

与晋东南喝茶记

晋东南，山西人，深圳淘金。早在微博内测时代就相识，且有互动。忽一日，他欲来成都，约相见。那还用说吗？自然要见的。

手头事情虽然不少，东忙西忙，趁着周末，约他出来淘书，喝茶。于是，就有了第一次见。

我到他所在的酒店等他。过了一阵，他从外面归来，身着红色短衫，精神十足。一眼就认了出来。然后步行去文殊院前面的收藏市场逛逛旧书摊。印象中，那里至少有五六家吧。虽好书不多，皆因距离很近的缘故，不妨去看一看。

早上，细雨连绵。未曾想，下午晴好。旧书摊居然一个都没摆出来。俩人就顺便听一连环画摊主讲卖书、定价等问题。看不成书摊，那就去喝茶吧。

在旧书市场旁边倒是有家茶铺，几张矮桌子，几杯盖碗茶，坐着三三两两的人，自在得很。估计晋东南不大喜欢这样的茶铺，就没停下，继续行走。寻找更有味道的茶园。

先去古娘娘庙，一家道观。庙小，茶客不少。环境一般。今年夏天，我跟几位朋友来这里喝茶，感觉颇有成都味道。且座位需要自己寻找，茶买了，要自己端过来，好像是一间自助茶园。于是，转去头福街。那里有好几家茶馆。

选一处茶馆坐下来。露天。点碧潭飘雪、花茶。时不时有擦皮鞋的、掏耳朵的过来。掏耳朵几乎是成都特产，外地朋友来成都，常要体验一番。

晋东南说他们搞的一个俱乐部，好玩。甚至民间组织很多，政府的一些事务交给民间组织打理，乃购买第三方服务也。开放是沿海文化的标志，小政府，大社会，也许未来是趋势。

内地文化，总比沿海封闭一些，因此，在成都谈的潮流，可能是他们眼里的过去式。满足现状，就看不到生活的创意。

比较不同的城市文化，也有意思。

喝茶聊天，我带了一册《天天见面》给他。我知道他也爱面，在给面点王公司做一本内刊，于是聊面食。说来山西面食也很丰盛，我见山西作家杨栋的文章，请客吃水饺、面条不一，想来也是以面食为主的地方了。却没有扯及面之道之类的话题。

深圳熟悉的朋友不少，如许石林、如王国华、如钟二毛等等，好几位都有来往，我就顺便谈谈对深圳的印象。聊天显得有些浮光掠影，好在都是坦诚相待，这样的茶会也就有几分意思。

坐到三四点钟，晋东南另有安排，原计划一起吃吃饭，也就不好提出来。朋友相聚，重要的是交流，饭局就像是一件陪衬，多一点好，少一点也未曾不可，关键是随意，彼此都能有所照顾就好。

2014 年 4 月 20 日

中秋雅集

中秋的味道似乎越来越淡。特别是像我这样没有单位的人，中秋多半是与家人团聚在一起。而在中秋之前，总会去参加这样那样的活动，且时常被冠名为雅集。

这样的活动最不喜的是各色人等竞相上台发言，没完没了，且是带着伪善的笑。参加过几次，总觉得不大对胃口，还不如三五好友择一个地方聊天，喝茶、喝酒都成，无拘无束。

今年，在送仙桥边，一群书画、诗词、篆刻的朋友聚集在一起，大家且听古琴曲，琴师的背后是葱绿的竹子，遥想郑板桥笔下的风致。也许是由于户外的缘故，听不大真切。

一曲终了，再来一支，依然如故。也许这样的场景并不太适宜古琴的演奏吧（旁边依然有人高声语）。

时下的一些人以为与人聊古琴啦、音乐啦，就是高雅的事，其实是很多人还没学会尊重和欣赏。

听琴完毕，就是冷餐会，三两个小吃，一两杯白酒，足矣。此外，诗词大家、中医师殷明辉先生带来了泡酒，味道绝佳。

话题从周啸天获鲁奖说起，有许多秘闻掌故，且付笑谈中，我坐在一旁，旁听大家的发言，从书画说到时下的成都文化，总似乎有不少的话题可交流。陈长安先生带来其祖父陈仲年的日记片断，如今打造的成都画派，把 1949 年之前一些活跃的艺术家似有意地忽略了，有这些艺术家该重新挖掘，并整理其作品、资料等等。虽然有的艺术家在某种程度上未必为当下服务，但其绘画精神有挖掘的必要。

旧体诗人刘静松先生也是舞者，可惜他提前先走了，倘若古琴与舞者结合，更有意思一些。

古琴在成都亦有多个流派，古琴社也有好几个。本次雅集组织者，为西蜀琴剑社社长、宋燕春女士。她是"巴蜀琴王"王华德最后的弟子。记得，数年前曾去王先生家听他聊古琴的故事。如今，斯人已逝，怕是难觅知音吧。

2014 年 8 月 31 日

春上寻茶

　　茶之于四川人的生活，岂止是开门七件事之一，而是生活重要的组成部分。不过，像成都这样，爱茶惜茶的可真不多见。前不久，跟几位茶人一同走上湖南新化的天门乡，探寻高山寒茶的隐秘。

　　起初，我以为这只是在寒地里生长的茶。到了那里以后才发现，茶树所生长的地方几近一千五百米，环境可谓恶劣，等到采春季茶时，尚天冷，甚至出现冰中茶叶的状况。

　　茶生长在山坳里，一片片，尚不成整片的规模。看上去气势虽小，却颇得茶树之风姿。且不说成片的茶园看不见，即便是茶树丛生的地方，绿意中所泛出的气象，依然有冬季的境况了。

　　在山间行走，看看茶树，蛮有诗意。收藏家薛冰先生捡起一块块有意思的石头，茶人许石林看见茶园的边上，种着几种菜蔬，忍不住拍起了照片，书画鉴赏家曹鹏则走访一家农户，一位八十二岁的老先生，住在杉树皮盖的房子里，看上去破旧且贫困……如此的观察，即可看出茶叶生存的现状，以及周遭的环境，也真是多少感知到茶中滋味。

晚上，在茶园吃着五加皮炖鸡、腊肉、野菜，喝着自家酿造的米酒，月亮升起来，星星也亮相了，如此美景，真是让人感叹，似乎连空气也都清新了几许。几个朋友喝着绿茶、红茶，天南海北地神聊。电话没有信号，刚好脱离一下俗世里的种种烦心事，琐事统统抛在脑后，似乎时光在这里静止了。

说起来，每次去不同的茶山有不同的收获，比如去神农架寻茶和云南茶山行，都能看到不同的茶风景。一杯茶，煮出了人间的幸福或故事，这不是电视里的《茶颂》，也不是所谓的《茶叶战争》。在月下品茗，似乎找见了诗意，年年岁岁茶相似，到底是各有风景与个性，如此沉淀出的茶的趣味也就各有千秋。

寒茶的历史也不过是十数年的光景，却因其味道独特而行走江湖，几与安化黑茶齐名。晚上，泡上一杯茶，围着火炉夜话，有唱出闽南山歌，有唱秦腔，热闹非凡，静寂似乎与此做了最好的注脚了。春天里，能有这份闲情，有几分难得。在都市里生活，常常会有一种无所事事的感觉，那种迷茫，却又有几分焦虑在，如此，日子每天过着看似平静，实则是有着波涛汹涌——逆袭，是代替了一种生活趣味的改变，犹如这种休闲。

第二天，晨雾慢慢散去，阳光灿烂，在山间漫步，清泉、树木、石块……在自然中呼吸，有清冽之感。这是在都市里从未有过的经验。似乎平日的咳嗽也减轻了些许，这种恢复方式似乎也迎合了养生哲学。不过，在我看来，这只不过随着环境的变化，我们的身体所出现的正常反应罢了。

我的朋友曾说："过正常人的生活。"但这似是当下的难题，每天都有许多事需要去面对，如此，心力交瘁就成为必然，亚健康也就成了常态。可这是正常人的生活吗？仔细想来，似乎不是。所谓正常人的生活，不外乎是除了工作之外，还有空喝茶、有空玩乐吧。这想法看似简单，却又有点奢侈。

春上寻茶，在我却是寻找心中的风景，打望一番，不至于迷失在都市里。在成都，固然喝茶成趣，却又有几分真滋味在呢？似乎也难以计数得出来——都市里的漫游者，我注定难以做到，这就如同城市的快速扩张，让记忆变得凌乱。而喝一杯茶，就是在整理这种思绪，在简单中做到断舍离，如此就能掌握住生活中的方向吧。

2014 年 3 月 11 日

诗人与茶的相遇

　　成都是一个爱茶的城市，不管职业如何，大都喜欢喝茶，泡茶馆的人并不在少数。诗人和茶的相遇，总会发生奇妙的故事。

　　诗人何小竹曾说："我曾经写过一篇《明清茶楼》的小说，老茶客们很多都是诗人，都把明清茶楼当作办公、接待作者、吃午餐睡午觉，还有泡粉子的地方。为什么成都茶馆的椅子和其他地方的椅子不一样，它是那种整个人都可以躺下去，并且躺得很深的椅子，这些书商们吃完面，就窝在椅子上睡个午觉。下午三四点的时候就开始到处约人，因为晚上这顿饭还是要讲究点，要约人出去吃，这整个过程基本上就是那个年代不少成都人的真实生活写照。"

　　他所说的是 20 世纪八九十年代的成都茶馆风景，这道风景在今天依然是迷人的。

　　《河畔》里，诗人胡马写道：

落日下／鹅卵石脸庞被涂上温暖的橙色／一只白鹭将倒影投入流水的怀抱／它的自由／难以超越身边纷披苇叶的宽度／直到体温渐渐与茶杯接近／尘世的壮阔风景被苍凉吹灭

有一首名为《和张哮、卢枣在红瓦寺喝午夜茶》的诗里，记录下了喝茶的场景：

　　红瓦寺。九眼桥。望江楼。／遥远的钟声被过往的车轮代替／府南河里也没有了渔舟和画船／对岸工地灯火通明／尘土一群群越江飞来／扑向薛涛井、街道、书籍、呵欠／已经习惯了的肺和已经麻痹了的呼吸／而杯中的茶已经由浓渐淡／"可惜好茶不经泡啊！"／"是啊！是啊！头道水，二道茶嘛！"

　　茶在成都人的生活里所扮演的是日常小景。有味，却需要慢慢地品。张卫东在《我的成都诗生活》里记录下了喝茶的许多片断，诗人的茶聚，常常是从下午开始。在散花楼喝茶："城里人假日出游、去登山／去郊外的风景中看风景／而我就在风景的后头／看他们离去时掀起的尘埃。"在培根路上喝茶，已经是十年前的场景，回忆起来，好像就在昨天一样：时代的青年好不自在。文化呀！他的牙巴咬了五下。纸烟们列队出发了，靓女们有时也来歇歇脚凑凑热闹。偶尔还有西洋景咧。谈兴更浓了，打头却不一样。他们多幸福，他们是沿着人行道走过来的。这条路他们熟。院子太小，茶桌挤茶桌。晚饭后又上了啤酒，喝少了他不干。"月上柳梢头，人约黄昏后。"他心里烦，就动用了激动的肝。遭人白眼，惶惶不可终日。疰酒瓶盖儿，撞碎了瓶子扎破了手。看子夜血染红了诗歌半边天。他建议赌，结果全输了。"集子已经印出来了。"从川大工会活动站出来吃晚饭再移师这里。几个月后，那里便与时俱进地被夷为平地。他凄然地摇了摇头，看幸福的大幕缓缓落下。

外地诗人对成都茶馆的生活十分羡慕。江西诗人程维《一个外地人想痛痛快快地去一趟成都》：想去泡成方都茶楼，痛痛快快地和朋友摆一次龙门阵。龚纯的《桂湖暮晚》：我们国家西南的人民爱好游园、啜茶、摆龙门阵和摸麻将；也爱饮二两小酒，指一指西天／假如月亮在天上／仿佛就有了自己的朋党。

在另一首《去年八月在成都》里说：

酒喝得实在没什么意思啊／倒在沙河边的茶摊上半天日子／一动不动／意趣阑珊

诗与茶，好像是一对姊妹花，由此延伸出来的生活景象，丰富多彩，有时仅仅是从诗歌里想象一下，似乎也醉了。

2015 年 2 月 10 日

绝代有佳人·绝倒

一

今天乃传统之小年。成都阳光灿烂。这段时间的天气温暖得不大像冬天。

林赶秋兄约着聚会，只因他最近出版了新书《绝代有佳人》。算是一个小型的交流会，称为雅集也无不可。

这个聚会从去年秋天就在约，因书迟迟没有出来，聚会就改了又改。地点定在东风大桥附近。于是，先去冉云飞家里坐坐，同到的还有诗人杜均，以及林兄的表哥。几个人坐在一起，喝茶聊天，不亦快哉。

话题从《绝代有佳人》开始。林兄说起写此书的故事，佳人当然有故事，一一梳理出来，也有意思。茶是普洱茶。我因头一天晚上喝酒太多，显得有几多疲惫，只好坐在旁边听一听故事。

茶与佳人，向来是文人抒情的主题。如今的文人多不是妙人，无法更优雅地解读佳人。如此，读一读相关的小品，看一看女子风情，也就有意思了。这让人想起时下的风尘世界。

这样小型的雅集，要紧的是大家可随意发言，而不是人多，热闹，却连发言的机会都没有。茶喝得淡了，时间已接近中午。几个人下楼，到旁边的一家小饭馆吃饭。无须酒，似乎所有故事都在其中。

诗酒风流，固然是让人羡慕的事，这随意的聚会，也似有了更多的涵义。

二

喝茶的场所，无须区分其是否高雅，而是跟对的人喝茶。青茶一杯，闲谈，也有意思。那是心有灵犀的感动，虽细微，却让人怀念。

这样的情趣，似乎也在越来越淡化。某次，跟朋友坐在豪华的茶楼里，喝茶聊天，忽然就失了兴致，原来还有彼此可分享的故事，三言两语，就没有对话的可能。曾经连床雄辩的故事，已成过眼烟云，平时所读的书太少，以至连对话都显得有些老套。

如此喝茶一两次，就渐渐地疏远了。

某次，去西安游玩，听万邦图书城的魏红建说起成都的诗人喝茶，无须语言交流，在河边一坐就是一个下午。说发呆也成，说无聊也成。

总之是在简单的喝茶过程中体味出一种意境。不过，在不解的人眼里，怕是被称之为神经病吧。

要我说，禅意，与这辄几近之。让人直呼绝倒。

熙熙攘攘的茶馆里，时常是人声鼎沸，打麻将、斗地主是常见的风景。清净一点的地方，且适宜于闲聊，也是茶馆里难得的一景。在茶馆里，让人绝倒的事，似乎也越来越少啦。

小茶馆，大世界。

只是有时候我们无法通过想象在这不同的空间里穿越。因之，也就难以体味出独特的人生：茶里，一片落叶，飘过。如此的体验，大约需要在秋天的银杏树下才能收获得更多一些吧。

2015 年 2 月 12 日

冬日，在一剑楼

《日记杂志》主编于晓明来成都出差，只有大半天时间，于是顺道来我家里走访。上次晓明兄来成都是去年的事，我带他泡茶馆，喝茶聊天，然后小饮几杯酒。这样的聚会，蛮开心。

这段时间，我大部分时间一个人在家里，写稿、看书、饮茶，几乎是每天都在进行的事（因为咳嗽，好些聚会都取消了）。这样的状态，平淡，或者说是少滋味，自己满意就好。

爱书人到一个地方游玩，其实谋求的是朋友聚会，看看书房，逛逛书店，似乎比去景点有意思多了。晓明兄来成都之前，他就问我能否来参观我的书房。我家的书乱七八糟地放着，说书房，似乎说不过去，也算不上是书库，因书的量实在少。但有朋友来看看，也是让人高兴的事，就答应了下来。

我也去看过好些朋友的书房，风格各异，但不像我这样的乱叠在一起，有时找书也是麻烦的事。晓明兄这几年，奔走于北京、蓬莱、天津等地，不忘阅读，每到一地都与爱书人聚聚。

不到十点钟，他就给我打电话说他快到了。我下楼，到金牛立交桥那边等他，等了很久也没看见人，他说已到小区门口。我就急匆匆地往回赶。见面，聊天。将他迎到家里。家里简单收拾了一下，看上去依然很乱。他随意地看书，我则准备好了《书店病人》《后阅读时代》，签名，留念。然后泡茶，茶是湖南的寒红，正适宜这有点阴冷的冬天。然后就坐下来聊天，说书人、书事。

原本我在九月的山东之行，计划去济南、蓬莱，因为是十一假期临近，要赶回成都宅起来，就只好早点走了。结果还在路上，晓明、自牧兄都在短信问什么时候可以到，已经约几位朋友"好好聚聚"。真是遗憾得很，把酒言欢，也很美好。十月株洲读书年会，晓明兄原也打算去看看，车票都订好了，但因家里临时有事走不开，就又错失了时间。好在，有了今天的相聚，可以少一份遗憾了。

关于书斋名，也没有想取一个。记得去年西安才子崔文川做信笺时，取了个"一剑楼"，大家觉得蛮好。自牧亦说，改天写个书斋名。晓明说，这个名字好。所以我也就没再去想什么斋号，只叫"一剑楼"就是。

茶是喝得越来越淡，从《书脉周刊》聊到《日记杂志》，以及他创建的中国日记资料馆，提出一些设想比如做一系列的日记本，征集名家日记，可影印出版，作为内部资料发行等等，但如何运营显然需要更多的思考。晓明兄谈起他的想法。

交流甚欢，眼看着临近中午，两个人吃饭就太没劲了。先是想着联系龚明德老师，但距离他所在的学校太远了。于是联系毛边书局傅天斌。他们也是十多年的老朋友了。刚好，他在清溪东路有间书库，不妨先去看看。我第一次到他的这间书库，说起来，上次去五大花园的书库差不多是十年前的旧事。于是，又选了伍立杨自选集毛边本四种，送给晓明兄。打车去毛边书局的书库。书还没有完全搬过来。

这几年，天斌兄收书多多，有十万册之多。最近他也在参与到全民阅读的公益活动，看上去很不错。见面，聊天。随后，又去天斌兄家里坐坐。想不到家里也堆满了书，他可真是少见的书匡。

中午，就在清溪西路上的李记府南饭店吃饭，点了几样菜，要了三瓶啤酒，小酌一下。聊天依然是事关书人书事。坐到两点钟，晓明兄要赶回天津，只好各自散去。

2014 年 12 月 4 日

有茶生活

之一，去年夏天，立人大学组织的游学班，有个项目是在成都行走，体验成都的市井文化，这主要是喝茶和尝美食，或者看看建筑和书店等地方，见一见成都有意思的人，就足矣。

八月七日四五点钟，狂风暴雨。

起床后，更新一下博客，贴《记忆中的滋味》。七点钟，坐车去参加游学班活动，雨继续下，活动地点改在太升北路速8酒店集合，由小说家江树和我带着游学班的学生行走。

九点，雨小了些，在小关庙街、北书院街等街巷里走走，边走边聊天，基本上是解答有关城市以及饮食的种种问题。后来转了一圈，就在北书院街一茶铺喝茶，这里有好几家茶铺，房子还依然是老瓦房，一群人就坐在这边喝茶，想不到这边还有不少老茶铺。茶铺旁边是文德书院，二手书店，没有走进去看看。

这北书院街，源于明正德十三年(1518年)大益书院，清代名书院街，后改为北书院街。记得诗人韦源曾在文章里写过另一位诗人马雁："她回来后，我们最开始见面是在北书院街喝茶。"(《她，一团烈酒》)因此地距离红星路很近，小街很安静，时常有文化人来这里喝茶、聊天。

大家聊聊天，坐到十二点钟，就到旁边的街上吃芋儿烧鸡。吃完饭我带着几位同学去成都环球中心看今日阅读书店。这一趟走下来，也大致了解了成都的不同文化风味。

之二，唐老师约去犀浦喝茶，同时约了赵老师。我家距离此地不过数里路程，却极少去那里转转，大致是因此处朋友较少，难得来此一回。

我坐地铁二号线先行抵达犀浦，比约定的十点钟提前了大半个小时，就在四处转转，看看是否有适合喝茶的茶馆。走了两三条街，没有发现可喝茶的地方，亦没有书店报亭，只好返回车站等他们。

赵老师，原名为赵时展，又名赵智慧，他个头不高，面色红润，说话不紧不慢，颇有大家气象。七十多岁从龙泉驿的石经寺退下来，石经寺好几年前去过。他现住在郫县的一个小镇上，悠闲度日，有聚会才进城一回。

等大家到了，已十一点钟了。先找吃饭的地方，穿过几条街，就到了火锅一条街上。这里聚集了有十几二十家各类火锅店、汤锅店。吃饭聊天，听赵老师摆龙门阵。赵老师退休以后，就在家闲居，也给一些学校代课，教哲学，或资助困难的学生。做这些事，他不取报酬，也不讲回报。这些对他，若浮云。

这样的高洁之人，少见了。

吃完火锅，就在附近找一家茶馆，继续喝茶闲聊。唐老师跟赵老师说起其家事。如其父亲唐孟桓抗战时的行踪，以及些许生活情景等等，由此可知抗战时的文化圈，多激进派。

赵老师说，他对现在的生活很满意，所以才会无私地帮助人。聊天主要是他们说，我偶尔插话进来。聊得很开心。坐到五点钟，我们各自坐上车，散去。

2015 年 2 月 13 日

【附记】回家来，我在网上查找赵老师的资料，却不见相应的信息。听说他跟成都佛教界很熟悉，也无相应的信息。这不禁让人感慨：有时，我们所熟知的"故事"，似乎到处都能听到，但时常也是小范围的人知道吧。

花楸茶记忆

第一次知道花楸茶，是2006年12月举行的首届"走进诗意平乐"诗会上。一群人看了李家大院，然后直奔花楸茶园。它隶属于花楸景区。很显然这个景区还没有怎么开发，路破破烂烂，车辆缓慢前行，才抵达景区。

花楸堰地区素有"贡茶之乡"的美誉，是崃山产茶十八堡之首的第一堡，这里山不高而云雾缭绕，土不肥而雨露滋润，风不吹而爽气袭人，所产茶叶荧郁青翠，百花隆隐，故名花楸。花楸贡茶工艺考究，因袭传统，均为本地农夫手工精制而成。史载，邛州知府刘建国携花楸茶叶入朝进贡，康熙在品评各地进贡茶叶后，赞誉花楸茶为"天下第一圃"，花楸贡茶由此而得名。这事记载在《邛崃县志》里。

这个地方的交通长期以来似乎都不大好，幸好有村支书刘本金自带干粮，带领村民沿山修路，使享有"乡土人家，世外桃源"的花楸山景区与世外相通。也许正因这里的环境没有遭遇破坏，百年花楸依然保持着原始生态的自然风貌，近10亩古茶园，树龄均及百年之久。在花楸茶园依然保留着康熙亲笔御赐临邛花楸圃为"天下第一圃"。

关于这次诗会参观花楸茶园的情景，诗人杨然在文章里说：

> 这里用半座山打造了一座巨型石雕，巨龙之首为龙头，昂在山脚。巨石之末为龙尾，立在山头。在这里，诗人们东游西荡，各得其乐。最了得的是，莫非在这里拍了一张绝照。这是一张"诗人之龙"美像，只见一群诗人列队沿着一线山脊站在龙脉上，举手，吆喝，浩浩荡荡，莫非情不自禁叫道："很腿！"这是一句他在成都学到的土语，意思就是"很棒"。

这是第一次知道花楸茶。中午就在这里吃饭，顺便开了个座谈会，喝的茶是花楸茶。说实在的，第一次喝，并没有品味出其独特的味道。大家喝茶聊天，也很愉快，关于茶与诗，似乎每个人都有不少话要说，因之，场面显得很热闹。

大概过了一两年，成都市面上有花楸茶店，醒目的店招，却没有走进去喝一杯茶。记得有次朋友跟一家房地产合作做一个品茶的活动，喝的是花楸茶——王者之香。茶是冷水泡的，似乎不够尽兴。

活动结束以后，每个人送了一盒"王者之香"，如此才有一段喝花楸茶的经历。这王者之香选用四川野生名兰和古树制成有机绿茶。每一杯冲泡后都有一朵翩翩起舞的兰花。既有优雅的兰花幽香，又有醇厚的茶味。

　　有时候习惯于简单的茶味，可能我对在茶叶中加入茉莉花、玫瑰花、兰花之类的做法不太能接受，但喝过一段时间，似乎也就成了习惯。等习惯了，茶恰好已喝完了。与茶的缘分，大致是君子之交淡如水吧。

2015 年 2 月 17 日

夜读记

　　周末，傍晚的时候起风了，天也凉了许多。随手捡一册书看。如此，也似乎不够尽兴，就又找出茶来，烧水，泡茶。边看书，边喝茶。阅读，在生活中所占的位置，总是这般要紧，平时没事，也是这样一种状态。

　　没料到的是，晚上居然无法安睡。那就索性任性一回。这回泡的是熟普，再找出一册《吹皱集》来看，这书名想必是取自那句"风乍起，吹皱一池春水"。张清先生在前几年去深圳的时候，在晶报社见了一面，记得当时还有大侠、扫红和邯郸学步集等几位，大家吃饭、聊天，很愉快。书友相见，大致是这样的一种情景。

　　张先生很低调，他主持深圳商报的文化广场，内容丰富多彩，我倒是跟他们部门来往颇多，有时也忍不住写写稿什么的。在天涯博客上，他的"张清专栏"博客也是名人博客，因此常常关注。写古体诗、写随笔，是一大乐趣。短短文章，颇见性情，这册《吹皱集》就是这些文章结集。内容颇有古趣，哪怕是写现代生活，也有古意，胡洪侠将比命名为"张清的写法"，可见这其中的与众不同。

茶是由浓至淡。看书却是兴趣越来越浓的好，一旦觉得淡了，可能就放下，不肯再读了吧。这种心结正是难以言说的微妙心理。《吹皱集》却不这样，且看他写陶渊明，用不同的文章来就些许细节叙述，呈现出来的陶渊明很立体，很有现代感的一个人。

这种感觉很好。窗外的车声少了几许，夜晚的安静，正迁宜夜读。夜读的妙处是阅读的过程中虽远隔千里万里，都不是距离，能够与作者心气相通。哪怕是缺少一点妙语，也无所谓了。这样的臭味相投，正是阅读的欲罢不能的过程。

喝过几泡之后，就更没有睡意了。平时喝茶可不是这个样子。也难怪，茶与书相遇，总能牵扯出美好的故事来。

等到看古体诗的时候，头就有些大了，且喝茶，又饥肠辘辘，找出一点吃食。再来喝茶，看书。这也是相当于一趟小旅行吧。

茶是渐渐地淡了下来，书也看得差不多了。就又找出一册旧书来翻。此时阅读已进入尾声，或许翻个几页就安然入睡。阅读疗饥，这里面也包括睡眠在内，不只是口腹之欲，也包括心理需要的安宁。

金性尧曾引东坡居士答毛维瞻书云："岁行尽矣。风雨凄然，纸窗竹屋，灯火青荧，时于此闲，得少佳趣，无由持献，独享为愧，相当一笑也。"关于夜读，他亦有句曰：鄙人于夜读亦取近似的态度：

喜博览泛阅。虽明知杂而无当，但我的师原不止一个，只要增益孤陋，有裨闻见的，就是鄙人夜读的对象，甚愿于灯前茗右，永以为实也。

　　像我这般懒散的人，大概很适合夜读这样的阅读方式，以至于在茶里、书里探寻不同的风景，总能看见些许美好。在现实生活中，可能我们生活的并不如意，也会充满焦虑，这都没有关系，你再抱怨，世界也不会无缘无故地美好起来，唯有努力地调整心态，以迎接可能发生的种种故事，悲也好喜也好，都不妨淡然处之。喝茶何尝不是这样的呢？不管我们的口味如何，茶所呈现出来的就是它本来的样子。

　　明乎此，或许就能在茶里读懂世界。那么，这夜读，在我，也正是在寻求一条调适之路。

2015 年 2 月 18 日

4 月 30 日

成都街头夏天时常可见出卖茶叶者，摆一桌，上列茶叶品种若干，一罐或一袋，仅需十元上下（多买更优惠）。大抵是去年之旧茶，曾贪图相宜，买过一二，喝之，滋味大不如前。逛超市，见茶叶又有促销活动，想质量比路边摊应该有保证的多，就继续买之，质量当然有保证，只是临近保质期也。

从此再也不买这样的茶叶，以免继续喝到劣质茶也。哪怕是贵一些的茶叶，也在所不惜。

5 月 1 日

新茶上市之后，忙不迭喝新茶，旧茶几已清空。早晚一杯茶，也颇为愉快。写稿之余，以茶助兴。不喜烟叶味道，所以烟火气息少了点，是生活缘故，也是习惯使然。

连续几天，不出门喝茶闲聊，也不寂寞。以往，遇到这等事，颇为寂寞，好像唯有三五知己聚谈，喝茶聊天，才有几许快意。照今日看来，无非是刷存在感矣。

惭愧惭愧。无法从喝茶交际上升到喝茶哲学的高度，需反思热闹与寂静之事。

5 月 7 日

跟成都的几位画家、书法家一起造访崇州的无根山房。这里可以居住，很安静。农家乐也可以做得很有文化。

无根山房，大意是无根山下的房舍。大家坐下来喝茶聊天，顺便在里面走了走，感觉比好多农家乐高档了许多。中午，就随意地吃饭，饭后，大家各献技艺，难得的雅集。

我则带着相机，随意地拍照。我拍了老虎灶。唐老师说："你没有见过老虎灶呀？"也许是见过，那应该是小镇上的景物，如今在成都市区喝茶，哪里寻得老虎灶哦。

5 月 15 日

下午，跟薛冰老师一起逛了下民国建筑群，坐在公交车上，走在小路上，两侧是建筑群，看上去很美好。

而后，走到颐和路上的颐和公馆，这是民国建筑群的十二片区之一，里面有二十多个建筑。不少人在里面观光、拍照。我们几个人坐在一个院坝里，喝茶，聊天。

有一位朋友在这个氛围里，忍不住来一段昆曲，动人又富有民国味。环境真好，与其东走西走，不如选一处所在坐下来，打望，享受一下那个氛围。

5 月 20 日

早起，泡一杯清茶，开始写稿。写上一段，家人从睡梦中醒来，儿女需去学校读书，做早饭，也极简单，算不上丰盛。写上一段，家里复为安静，换茶，继续喝下去，遇有思维短路，就加水泡茶，如此可重新唤起精神。中午时分，换一种同学送的炒青茶，很少喝这个，茶味有点涩，需以其他味道填补之。

茶之味，在各人之喜好，与茶关系并不大。读古时之茶诗茶文，颇能体验茶之味道了。今人喝茶，大多不在乎茶，而在乎喝茶带来的交际收益。

6 月 25 日

尚未进入三伏天，连续的阴雨，比以往似乎舒适了不少。

上午，跟几位老师在后子门的白果园喝茶，聊天。几年前，在这附近的成都房管局编《成都房地产》杂志，有好长一段时间，中午常常跟几位同事在这里喝茶、斗地主，那是几年前的事了，上一次来这里喝茶，是跟周成林兄在这里坐一个下午。

朋友带来了两把扇子，一把是曾松茂老师的绘画、书法，一把是唐劳绮老师的绘画、徐立言老师的书法，都相宜。

7月18日

昨天下午，在望江楼公园与南北、文强喝茶闲聊。而后诗人也牛来接南北去团结镇，于是跟着坐车过去。今天一早原本回成都，却被也牛拉着去青城后山，逛泰安古镇。

泰安古镇，商业气息浓厚，人多。遇雨，躲进一家饭馆。十一点半，午饭，饮啤酒两瓶。而后上山，大家都懒得行走了，找一露天茶铺喝茶。也牛写一首小诗《涧边听雨》：

> 三把竹椅子围着一张空木桌／在青城后山一条涧边／等谁如果南北老师不从云南北上／多年前／朱晓剑不从安徽西游／下午一点十二分／半山腰突然停歇的这阵豪雨／和我们面对面／正好，停下脚步到涧边品茶／听雨水跳涧／淌出哗哗哗的声音／南北老师说／长期住上／心中已没有了沟壑

7月22日

现代禅诗创始人南北来成都做个活动。他现在移居大理的沙溪古镇，几乎每年都回成都一回，看望老朋友。下午，与南北、焦虎三坐在玉林四合院喝茶，这个院子很安静，一下午就我们仨，聊聊书、聊聊禅诗。

有一位老朋友，几乎成了话题中心。

他做杂志，常常拖欠别人的稿费，一两年前，我给他的杂志写稿，至今还没有收到稿费，其实，这样的事，不是经常发生的。很多编辑，

还是觉得劳动者应该得到应有的回报。

这样的聚会，轻松。随意地聊天。我说起当下的禅诗状况，总觉得格局不够阔大，眼光还是小了些。然后就说起成都的诗歌活动，似乎只有这样，才能称之为诗歌城市。然后又摆起《星星》诗刊的旧事。

2015 年 2 月 15 日

【附记】在成都的日常生活中，少不得喝茶聚会。这里选录 2014 年的一些喝茶片断，可以看出生活的闲散，这也是成都生活的传统之一。不懂得喝茶，大概是很难懂得成都人的生活吧。

茶香徐徐道耳语

　　逛会理古城，看的不仅是街道，也有建筑，以及街上来往的行人，操着不同的方言，跟来往的游客搭讪，也是别有风味的。出了科甲巷，就能看到一座古色古香、独具特色的城楼就是会理现存最古老的建筑——北门城楼。

　　这北门城楼可是会理保存下来历史最悠久的文物保护单位，它始建于明洪武三十一年（1398年），清道光二十一年（1841年），因北门内民房失火延烧北门城楼，知州何咸宜主持修缮，悬匾命名为"拱极楼"，楼名典故出自孔子的《论语》，意思为四方归向，众星拱护。不过，现在到北门古城楼上喝茶，可不仅仅是在缅怀过去，而是会理人慵懒生活的一种方式。

　　成都老橡树乐队的主唱赵青曾说："城市再大，地球再喧闹，但总有一处能够让心灵安静的地方。对于我来说，那个地方就是小城会理。每次我一回去，整天什么都不干，就坐在古城楼上喝茶都可以。我觉得会理有一种缓解情绪和压力的味道和氛围，让你待上十天半个月也不会觉得厌倦。"而音乐房子的老总陈涤由于太喜爱在这城楼上喝茶，干脆就在它的旁边搞了一个叫"上茶下院"的四合院，了却喝茶的念想。

那天，在步上古城楼的时候，我忽然想起了冈仓天心在《茶之书》中说："脚踩干枯的松针、从长满青苔的花岗岩灯笼旁悠然经过，心灵超越世俗、自由飞扬。"

那种说不出的饱满与快乐，是多么令人开心。这一下，喝茶就多了一种味道，但这一层饮茶美学，或许才是喝茶本身所留给我们的快乐：一杯茶，几句话，却也真胜过那穿肠烈酒。

在北城楼上喝茶，喝的不是简单的茶水，而是对会理自然景观和人文景观最为直接的观察。

把自己窝在藤椅中，远处是连绵起伏的大山，眼下是模糊的市井，心里不着边际地想着事情，手中的茶也会变得不普通起来。当然，这是一种境界，但对我而言，这还不够丰厚和绵长，最好的是自己带上会理特有的"绿陶"。茶不管是不是高贵，都铺陈成一种风景：淡雅、不乏生动，而绿茶的香气和绿陶则慢慢地融合在了一起，成就了另外一个艺术世界。如此，不免让人怀疑岁月在这不经意间就忽然老去了。

太阳刚刚西斜,照在古城的街道上、建筑上,那也是深具历史的美感。

不仅如此,在这古城楼上的茶馆喝茶,我都担心自己过于迷恋,忘却了尘世间的种种故事。

这里的几家茶馆风格差异说起来可也不是很大,绝不是张爱玲笔下的"陈香屑",也没历史的感觉,倒是很容易怀想起远远近近的历史风景。有好多次了,带着朋友来这里喝茶,好像每次都是一种恋爱,有一种激情,却又不喧哗,安静之中享受一个个下午。

要说在古城楼上喝茶,最为疯狂的是一位朋友,从成都直奔会理,上古城楼,泡一杯茶,就坐在那里,看落日。"哎呀呀,这可真是奢侈。"但对会理人来说,喝茶嘛,都是喝一种心境,看街景,打望行人,要的是那一份自然,不施粉黛。太过奢华,到底也不是会理人的风格。

喝茶的种类大致可以分为:清新野趣、闲适人生,又或者是享乐主义,在乎的是视觉与心灵的调和。想来,我们在古城楼上的喝茶是不是这种境界呢?好像是,又好像不是,但我知道的是,喝茶的妙处在于那种种无边的风华,汇集成"或在图像上、用器上创造华丽或优雅沉敛,或用方便善巧单壶孤杯陈列俭朴的茶席,或以瑰丽满席的茶壶、杯、托……茶器加上花器的幻化,来满足艳丽的丰盛"。

那么，在累了的时候，或在厌烦了生活中的种种不如意之后，不如上古城楼看书吃茶去。

2012 年 12 月 1 日

卷贰

读茶

诗与茶

　　前几天，一群朋友在一起，喝茶闲聊。无意地说起了诗歌，有好几位对现代诗歌发表意见，什么诗写的垃圾，诗里没有精神，反正是一无是处。当然，对诗歌的见仁见智还是蛮有意思的事情。这就好像我们面前的一杯茶，因为口味的不同，可能喝出的感觉也大不一样。

　　我注意到有一位经常读诗的朋友没有参与进来。也许在他眼里，诗歌是另一重风景，绚丽多彩，绝非是垃圾一语就能形容得了的。偏见，有时真是害死人。不由得想起了文艺上的纷争，以及上纲上线到用政治来衡量，结果呢，自然是跟风的多，性情的少。

　　这也是这个时代的通病。说白了，在今天做一个在生活中享受诗歌的人，是一种难得的体验。不要说懂得，即使是了解，怕也是困难的。那天，跟朋友坐在良田别院里喝茶，两人聊聊诗歌的诗，旁边几个人大声吆喝着斗地主。这样的场景倒是时常会遇到，也就见怪不惊了。说到底，在喝茶的过程中，能找到各自的乐趣就好。

　　对茶人来说，或许最难的是做一个解人。懂得不同的茶语，以及在茶的氛围里产生的种种顿悟。那是能跟茶、土地、茶树相沟通的，只是今天，我们连这个能力也变得稀少了。以至于常常拿自己的眼光去评判世界，自然会少不了"误读"。在阐释学上，也存在着这个问题。

　　如果说是，我们这个时代的诗人出了问题，倒不如说是人类已不大懂得诗歌了。这就像对待行为艺术，玛丽娜·阿布拉莫维奇所阐释的，岂是今天行为艺术的乱象就能概括得了的。我当然能理解我们对生活的理解实在是"肤浅"的，即便是以自己的经验来看，却也有诸多的不靠谱，自然是难以把握住生活的方向。

　　有位朋友说，到了唐代，茶首次正式成为诗人生活密不可分的一部分，许多经典的咏茶诗在这个阶段出现，如卢仝的《七碗茶》、元稹的《咏茶》宝塔诗等都是茶诗史上的经典之作。对茶文化来说，唐代是其第一个融入主流文化并得到广泛认可的时代。看来，我们距离唐朝，还真是有不短的距离了。

2013 年 5 月 18 日

茶之书断想

　　某次，我跟大象在文殊坊的一家茶铺里喝茶，偶尔闲翻其存放的书刊，这大概是成都茶铺里的一大特色，不少茶铺里有形形色色的免费期刊供茶客阅览，从这里也可获取一些信息。那次意外地看到冈仓天心的《茶之书》。大致翻了一下，极为喜欢，这样看觉得不够过瘾，就又在网上买了一册。

　　李长声在序言里说：

　　　　天心倾心于老庄，认为道教构成美学理念的基础，禅使之具体化。他说，老子主张事物的真正本质只在于空虚，譬如房屋的实质不是屋顶和墙壁，而是它们所围城的空空如也的空间。说到茶室数"寄屋"，他用谐音把汉字置换为"好屋"和"空屋"，"好"是趣味，因趣味而建，"空"是室徒四壁，不用多余的装饰，这小小草庵便有了道——"茶道是化了装的道教"。

天心亦说："艺术的价值，只有在我们对其加以倾听之时，方才显现。"以此观茶道，大致如此。中国是茶的故乡，却并没有由茶延伸出所谓的茶道出来，日本人却从此领悟茶的非凡世界。这种比较当然无法区分中日的差异。对日常生活中的茶的不同态度，可看出不同地域的风俗和习惯。仅满足于口舌之欲，缺乏对其进行深入的思考，就无法领悟茶的世界。

茶道犹如园林一般，地方虽小，却可蕴藏万千风云，趣味更是多元。从茶、花引申出来的哲学，是日本人对事物的珍惜，从此处出发，又能兼顾世界千般变化，这种思维，却也有独到之处。相比较而言，对事物的不同方式，决定了看世界的态度，对茶也是如此。

极致美学，大概可以解读日本人的生活方式，而这也曾是国人的生活方式，随着社会变革，粗俗占了上风，并成为一种主流，由此开启的是破坏美学，与传统渐行渐远，以致无法恢复了。

《茶之书》，是对生活的一种示范。当我们为物质世界所迷恋时，或许应该对这种生活方式亦有所反思，或如作者所言：

茶，是人们私心崇拜纯净优雅，所使用的托词。主人与宾客的来往之间，共同成就俗世的至上祝福，也让此情此景成为一次神圣的会面。在生命荒野中，茶室正如一隅绿洲，让厌倦世间枯燥乏味的人生旅人，能够相聚于此，一饮艺术鉴赏的活水。每次茶会，都是一次即兴演出，以茶、花、画交织出当下的剧情。色彩不应违反茶室基调，声响不可扰乱周遭律动，姿势不能有碍感官和谐，言语不当破坏物我合一；一举一动务求简单自然，这些全部皆是茶道仪式的目标。出人意料的是，人们常常可以成功达到这些要求。除此之外，隐身于茶道背后，更有套精致微妙的玄理：茶道思想，其实就是道家思想。

当我们面对一杯茶时，所思考的方式也耐人寻味，即便是谈论到禅茶一味，也似乎别有风味。但见喝茶者众，而思考者少矣。这如同作家李劼人笔下的茶铺，更像是日常交流的场所，与思想无关。不过，在学者看来，这种思想可能是细微的变化，在激进派看来，是一种沉沦。不管怎样，喝茶无法达到应有的境界，是现实观察的结果。

由茶深入到生活的肌理，再转到哲学的高度，由此完成的是对茶的礼赞，也是对现实生活的关照方式了。

2015 年 2 月 23 日

情要用水调

喝茶，当然要的是情调。除了茶好本身之外，水也是关键因素之一。跟各色各样的人喝茶，水的差异，也偶尔有所见。在我，所谓喝茶，不过是一份情趣而已。周重林在《茶叶秘密》里说，陆羽曾排出的宜茶之水：

江州庐山康王谷谷帘水第一；常州无锡县惠山石泉第二；蕲州兰溪石下水第三；硖州扇子硖蛤蟆口水第四；苏州虎丘寺石泉第五；江州庐山招贤寺下石桥潭水第六；扬州扬子江中冷水第七；洪州西山瀑布水第八；唐州桐柏县淮水源第九；庐州龙池山岭水第十；丹阳县观音寺水第十一；润州丹阳县观音寺井水第十二；汉江金州上流中冷水第十三；归州玉虚洞春溪水第十四；商州武关西洛水第十五；苏州吴淞江水第十六；如州

天台西南峰瀑布水第十七；郴州圆泉第十八；严州桐庐江
严陵滩水第十九；雪水第二十。

现代人接触的食材、饮料多矣，却在味觉上多少有些迟钝，以
至于茶之好坏，水之好坏，都无法一一细分出来。

这不免让人想起明人田艺衡在《煮茶小品》中曾说，茶的品质
有好有坏，"若不得其水，且煮之不得其宜，虽好也不好"。而明
人许次纾在《茶疏》中也说，"精茗蕴香，借水而发，无水不可与
论茶也"。清人张大复甚至把水品放在茶品之上："茶性必发于水，
八分之茶，遇十分之水，茶亦十分矣；八分之水，试十分之茶，茶
只八分耳。"

茶之掌故也多样，而茶与水的关系，真是变化多端。岂又是简
单的道理就能论述清楚得了。

坐在街头的茶铺里喝茶，老板端上来一杯玻璃杯泡的青山绿水，
让其换个盖碗茶来，他倒奇怪你不懂喝茶，偏跟其他人喝的不一样。

茶老板当然不等于茶人，有些道理是说不清楚的。这样想着，
心里就有些释然。不管是素手试茶，还是泡茶，一叶关情。只是我
们喝茶也好，观茶也罢，哪里还有那么多的情趣放在茶身上，更多
的是关注俗世的纷纷扰扰罢了。

2013 年 6 月 7 日

把盏话茶

陈赋兄做下午茶书系的时候，邀约了不少作者助阵，我也写了一册《杯酒慰风尘》，凑凑热闹。说起来，这都是很风雅的事。那套书里，有不少作者是老朋友，相当于一场朋友的欢聚，有好几册书里都提到了茶，唯有厦门大学的郑启五先生的《把盏话茶》是专门写茶的书。

对于茶的感想，我想起前几天在毓秀苑，跟朋友一起闲聊，她说，除了淘书看书之外，你还喜欢干啥？我很坦然地答道，喜欢玩。这玩的境界太高，我只能是仰望的吧。说起淘书、美食，我都有一些兴致，但与喝茶，更像是乱劈柴。什么样的茶，只要是茶，我都可以喝那么一下，以此来推论，我似乎是个博爱主义者。其实是对茶的精通并不在行，不过，这心得倒还是有一些。而读《把盏话茶》，感叹于茶人的多种多样，但于我，似乎都不太一样。

郑启五所分享的是喝茶人生的清苦甘鲜；以老茶客品饮天下的广阔辽远，探索茶养生幽幽的旷世隐秘。长寿基因尚待科学论证，但云南那株古茶树 2700 岁依然郁郁葱葱，世上茶植株无论是乔木还是灌木，抑或半乔木，都是它的苍翠的子民。尽管品饮几位爱茶人长命百岁的琼浆玉液远不能洞悉茶与生态的微妙，尽管动物和植物基因的对接还仅仅只是迤逦的科幻，但谛听天籁声声，茶神奇的"祛病、提神、养身、添寿"的四部曲，正一步步被生命科学的主旋所弹拨。凡此种种，似乎都有可记述的地方。

这喝茶的好处，似乎是难以穷尽，就在于茶之丰厚吧。郑启五写茶，也是在写一种生活。但那茶似乎被更多的外在的东西所包围，比如茶之会议、茶之场所的关注，让茶变得活色生香的同时，我却觉得茶之体验该回归于内心，可事实上，我们虽然在喝茶，在聊茶，在谈茶，却未必懂得它的妙处，正如一种私享，无法拿出来晾晒，跟众人分享。那一种隐秘的经验，唯有相似者才能多少有些感悟。

说来，这都算不上是经验之谈。须知每个人在茶中浸润的时日不同，也就有喜好上的差异，至于风格，那就更多样。话虽如此，喝茶，还是能喝出些许境界，只是我们平时热闹惯了，喝茶的性情倒是少了。这样说，可能会让人觉得很过分。但茶里的乾坤，真不是一句话就能道尽的。

对茶人的生活，我是没做什么研究，虽也遇到喜欢喝茶的人不在少数，但说起茶人，似乎还远了些。不过，像郑启五那样，每天都浸润茶的世界里的，也还是大有人在。我想起前几天，跟徐晓亮、吴鸿在大石西路边上的有茗堂里喝茶的情景。刚过大半年，茶楼已转手了，但茶的滋味却依然在，这都是拜茶之所赐吧。

在成都这个城市，好像不喝茶不成活的。所以在读《把盏话茶》时，就不免浮想联翩，许多茶事涌上来。且在那盖碗茶中把岁月拉长，美好的大词，并非是茶之特色，而最细腻的变化才能显出茶的魅力。在这一层上，《把盏话茶》更像是对生活的梳理："闽南茶友大都将绿茶拒之门外，我原本亦然。地域之见认为绿茶性味太冷，伤胃。此见甚至波及乌龙茶系列中性味接近绿茶的溪茶。那年我到安徽的屯溪开会，会场免费提供绿茶名品'屯绿'新茶。我大喝三天，日日精神亢奋，发言时尤显斗志昂扬，胃则安然无恙，绿茶带给我全新的享受，从此人生又多了一项乐趣。"

茶之乐趣，岂不正是茶人所向往的世界吗？

2013 年 7 月 1 日

一茶一江山

　　这几年，周重林着力挖掘茶文化，以及其相应的价值，从《茶叶战争》探讨茶对世人的生活影响。如今回头来看，《茶叶江山》（周重林、李乐骏著）对此有所突破。不仅仅是普洱茶对生活有重要性，其他茶类亦然。茶之于生活，到底该赋予怎样的涵义，应该是有更为清晰的认识。

　　《茶叶江山》以普洱茶为切入口，涉及茶的起源、发展、争端，以及由此延伸出来的茶马古道。在我阅读茶书的经验当中，总觉得是，在茶的世界里，或许需要注入更恰当的理念，才能给予客观解读。目前的茶书多着重现象、现状的书写，思考力不足。《茶叶江山》对此多有拓展，并将茶叶问题上升到一定的高度探讨。

　　茶叶也细分为技术派、实践派和文化派，他们所探讨的路径虽然有差异，却同样是在弘扬茶文化，只是视角不同罢了。周重林与李乐骏则分属于不同的流派，能够共同探讨，可能就不会有不识茶面目的境地。

此册《茶叶江山》是一本有关茶叶的过去、当下与未来的书，但又不仅仅是讲茶叶，里面有我们的味道、情感、历史，牵扯到这片土地上曾经发生的很多事情。从这些历史梳理中，大致能够让我们看到由茶重构我们的生活种种可能性。这或如作者所言：我们希望推荐给你的也不仅是一本书、一饼茶，更希望你借此能培养出对茶的兴趣甚至热爱，最终养成一种涵养人生的生活方式。

许倬云先生说，茶乃国饮，与酒和咖啡，三足鼎立。日常生活中，茶与米、油、盐并列。这本书所表彰的茶事，堪称陆羽知己。周重林在《一杯茶的力量》里说，在汉地，茶中有江山、有情怀；在藏地，茶中有礼仪、有信仰。从红土高原到青藏高原，茶叶所构筑的万里江山，其最初的故事，也不过始于眼前这小小一杯茶。问题在于，你感知到一杯茶的力量了吗？

茶与生活，以及延伸到国家高度，在周重林看来，倘若少了茶，可能就少了纷争，但世界也就少了几分味道。这也是他孜孜以求在茶里探索的缘由。

确实，从一杯茶中看出这种种景象，是很多人难以达到的。我曾在成都、昆明跟周重林饮茶数次，也听过他论茶若干次，到底与茶一道愚钝，所以时常难以领悟到茶的境界。

从茶中体验人世情怀，看似简单的事，却亦需要感悟，在这一点上，对芸芸众生来说，能够从一杯茶中喝出快乐，有所获得，似乎就已足够。可照周重林的理论来看，对茶，实在是说能理解，甚至称得上知己的人，实属少数。

记得我初接触他时，他任《普洱》杂志主编，其后是在云南大学茶马古道研究所工作，然后就再次出来，担任茶叶复兴项目的负责人，推动茶文化的演进。不知道的朋友谓之"折腾"，而安于现状。周重林似乎长期以来，似很难在某一个领域停留得更多，也不妨称之为野心很大。在每一个工作上，就相当于一级修炼。今天，他四处奔走，为茶叶鼓与呼，实则是在他的心目中有一个江山在，如果我们看不到这一点，可能就无法"认识"周重林了。

李乐骏先生是喜爱诗歌、美酒、旅行、收藏及一切精致事物的当代茶人，致力于连接生活美学的过去与未来。大体从这简单的介绍中能够感知他对茶的情感是真挚的。他与周重林合写的《茶叶江山》也就更增添了几许人文情怀和风采，这也是此书的亮点，识者不能不查。

2015 年 2 月 16 日

茶之原乡

　　以前玩论坛和博客时，随时都能够看到安溪铁观音的广告，简直是无孔不入，尽管对此广告方法不赞同，也颇无可奈何，而且喝铁观音的次数不是特别多。记得第一次喝铁观音，可能跟茶太浓厚有关，那天晚上居然失眠了。这样的经历，对一个茶客来说，可不是美妙的事。谢文哲的《茶之原乡：铁观音风土考察》刚买来时，并没有赶紧打开阅读，这正如同喝茶，需要机缘才能够了解。

　　将安溪定义为"茶之原乡"，谢文哲认为主要基于以下几种原因：一是安溪是中国的茶叶良种宝库，有优良茶树品种近 70 个，其中国家级优良茶树品种六个；二是安溪产茶历史悠久，至明代成化年间发明了中国乌龙茶这一"半发酵"制作工艺，是国家非物质文化遗产保护名录；三是清代中期发现、培育了安溪铁观音这一高味醇、独具韵味的传奇茶种，是中国十大名茶之一，铁观音的兴盛改变了安溪乃至中国茶叶经济的格局；四是在现代，安溪茶叶远销海外，安溪茶农发明的茶叶无性繁殖技术传播至全球各地茶区，这项技术至今仍然是茶业界最先进的茶叶繁殖技术；五是安溪民间流传久远的功夫茶品饮式法，经过发展已经引发了国人品味休闲生活方式的变革；六是随着安溪人的移民，安溪茶种、制作工艺传播到台湾等地，安溪茶叶远销台港澳、东南亚、欧洲，受安溪茶文化影响的人越来越多，安溪正以其绵延不绝的茶道传统和经济创造力，为中国茶业走向现代化提供一个真实生动的"范本"。

安溪铁观音作为一种"范本"，这几年的营销趋势和发展势头，不管我们给予怎样的评价，都难以抹掉其成绩。但就人文研究来说，许多茶类也是具有研究价值，但缺乏学者持续深入的思考。以川茶为例，如竹叶青、蒙顶甘露、碧潭飘雪，无不是具有良好的基础，可在研究领域呢，有多少可以为人称道的著作出现？这不妨理解为学人对茶类的研究，与当下急功近利的学术研究氛围有关，毕竟做茶的研究，需要多种学科介入，才能够更清晰地呈现出茶的本质和面貌。

在这一点上，谢文哲提出铁观音的种种设想，这不稀奇。要紧的是，他追寻问题的持续能力，让许多问题看似无解的时候，忽然迎刃而解。这样的实证精神是探寻茶的历史应有的态度。

谢文哲还提出了一种观点：饮茶一旦仪式化，品茗者便有"人生之庄严感"。"对茶叶，对自然应当怀抱一种感激、感恩的情感，就像我往欧洲考察，在《西行迷思》中所要传递的观念：对于土地，我们应该像欧洲葡萄酒农一样，于内心深植一种文化和宗教般的情感。带有这样的情感，或许才能理解茶的精神。对土地的敬重，在今天稀少而弥足珍贵，但却在现实生活中，可能被当作笑谈。"

学者王铭铭在序言里引用人类学大师列维·斯特劳斯的话，"自然物种之所以得到了选择，并不是因为它们'好吃'，而是因为它们'对思考有好处'"。（《图腾制度》）铁观音之所以得到人们的选择，并不只是因为它"好喝"，而且还因为它让我们感知各种观念和关系及其在"以经验为基础的思辨"中的体现。这倒也可以提升我们对茶的价值认知。

当我们在谈论铁观音时，其实是在关注一棵植物的传奇。《茶之原乡》作为安溪的风土志，它给我们提供的是对茶的思考，也是"借助于名茶铁观音而超越于它，进入一个由自然与人文共同构成的世界，从中体味山川、历史、人生的交汇"。

2015 年 2 月 17 日

闲闲堂茶话

跟曹鹏先生早就在微博上相识，偶然在网上见到一册《闲闲堂茶话》（中国广播电视出版社版），买了下来，就顺便在微博上晒一下。曹先生稍后寄来了《闲闲堂茶话》（化学工业出版社版）签名本，且是毛边本。这样的交集，真是如茶话所说的极淡。

去年的三月间，湖南新化的天之野请文化人去寻茶。于是，就约了深圳许石林、南京薛冰、厦门郑启五等先生一道前往，曹先生也在受邀之列，于是有机缘几天里一起喝茶、聊茶，快意非常。

尽管有毛边本的《闲闲堂闲话》，不舍得一一裁开阅读，还是看平装本的好。他在书的新版弁言里说：这本小书是我偶然拾得的"副产品"，动笔写时并没有想到要出书，结果是水到渠成，印了好几次。书的简介亦说，这是一册"茶文化的散文、随笔与评论以及题画茶诗，书中插图也全部出自同一作者的手笔，图文并茂，笔调轻松闲适，风格独特隽永，兼有茶学、文学、画学的专业品位，是一本有纯文化、雅致的闲书，对茶叶、茶馆行业还是一本金针度人的生意经。"

茶话我还是觉得随意地闲谈就好，不必正襟危坐，高头讲章，那样就失去了茶的趣味。此册书分为"功夫茶话""名茶品饮札记""茶文化散论"等诸多章节。关于功夫茶，可以探讨的地方蛮多，读曹先生的文章不涩，轻松愉快中就能学到茶里智慧。茶趣、茶市、茶价、茶资、茶钱、茶俗、茶癖、茶瘾、茶疗、茶礼、茶人……娓娓道来，别有一番意思在。

"名茶品饮札记"是喝茶的闲记，却能看出喝茶的性情。这诚如曹先生在开篇所言："平素在江湖行走，每到一地，必访泉问茶。"这些札记，是对各种名茶，包括花露饮品，逐一详细介绍产地、质量、历史、冲饮要求及风味特色，每篇三四百字左右，有话则长，无证则短。如说黄山毛峰，"登过黄山的，饮此恍若再睹天下奇绝，未曾到黄山，亦可从茶香中揣摩出如诗似画的景色"。如说太平猴魁，"宜用景瓷茶具或玻璃杯以90摄氏度开水冲泡，可观赏芽叶在杯中徐徐舒展，赏心悦目"。这茶倒是在合肥喝过，是不是有如此感觉，记忆已不大清晰，想来在茶楼里所喝的太平猴魁，未必就是真正的太平猴魁罢。

普洱茶在2006年前后走红，我也曾在2007年初帮朋友做过一份《中国普洱茶报》，因缘际会，去思茅，见证了其改名为普洱市的过程。那次记得还跟市长沈培平有一面之缘。那次也见证了不少做普洱茶报道的媒体朋友，后来联络就少多了。不过，倒是周围有好几位朋友爱喝普洱茶，我也跟着喝了起来，所得未必就多。读曹先生的普洱茶市场风云解析，仿佛又回到了旧时普洱茶时光。

网上有人评价《闲闲堂茶话》：享受闲适，是喝茶品茗的真谛所在。曹鹏君对于"闲"，还有更深一层的领悟。书中有一幅《江山风月》图，画上题跋："江山风月闲者便是主人"。此句源自苏东坡，画家取其意作成画，这是一个智者对"闲"的悟得。曹先生说："堂号闲闲，实则忙忙，正因忙忙，是以爱闲，人以闲为失，我以闲为得。"看来，我也修炼得不够，才达不到这样的境界吧。

这份"闲"是这个时代所稀缺的，就连我们平时坐下来喝一杯茶，似乎也难以安安静静地喝茶了。这样说，能有一份闲情，却也是难得的事。

2015 年 2 月 17 日

王笛论茶馆

　　最初读王笛的《街头文化：成都公共空间、下层民众与地方政治（1870—1930）》时，颇为作者的观察力所惊讶。他所观察到成都街头文化，大概是许多成都人都十分熟悉的场景，却没有人以此种方式来看待。于是，成都生活就显得更为立体化了。等到《茶馆：成都的公共生活和微观世界，1900—1950》（下称《茶馆》）出来，可以说是对成都茶馆的学术研究，上升到了新台阶。

　　不过，关于成都茶馆的研究，是不是从公共空间到公共政治的一个过程，在今天看来，或许并没有明显的区别。

　　在信息传递不发达的年代，茶馆的功能大致而言就像今天网络上的微博、微信，其所传递的信息量之大，是毋庸置疑的。在一些电影中，在茶馆里收集情报也是时常遇见的场景。但茶馆赋予成都人生活的又是什么？

在成都，虽然茶馆具备了茶竹两者（使用竹椅，很多茶馆即坐落在竹林中），但通常是顾客盈门。

人们去那里不仅是喝茶，也追求济济一堂、熙熙攘攘的那种公共生活之氛围，这或许反映了在日常生活中一般大众与精英文人的不同品味和情调。（王笛语）

在成都茶馆文化的探讨上，可能我们更关注的是其公共性对于日常生活的影响。喝茶犹如家常便饭，朋友聚会时常在茶馆里进行，这种方式让生活场景与公共环境融合在一起，其所带来的场域是与生活细节相关的。或许我们由此可洞察成都人对茶馆生活的依赖性。

成都人爱坐茶馆的因由可能多种多样，但最根本的一点是，它满足了日常生活的需求（旧时），也还能提供形形色色的资讯，这里也许就可遇见新的机遇。这犹如生意场上，最容易能够和谈的是在轻松的氛围中进行，而不是在紧张的环境中进行。这才是人们所需要茶馆的因由吧。

《茶馆》分为十一章，涵盖了成都茶馆的种种状况，从城市、茶馆与日常文化到悠闲与休闲，从娱乐——戏园与观众到茶馆与经济，等等，无不显示出作者对茶馆生活的熟稔，浸润在茶馆之中，又能出入茶馆之外，以此微观来反观茶馆的众生相，也就多了另外的涵义。

王笛在书中说，茶馆中还使用大家都理解的"行话"。例如，在一个茶馆开张的前一晚，要举行仪式，称"洗茶碗"，或叫"亮堂"，当晚提供免费茶给客人，他们大多是老板的亲戚朋友或地方的头面人物。这个仪式不仅是为了开张大吉，也是为了争取地方权势人物的保护。茶馆一天的生意也有闲忙之分，忙时称"打涌堂"，闲时称"吊堂"。穷人买不起茶，可以买白开水，茶馆允许顾客自己带茶叶到茶馆，只需要付开水钱便可，称"免底"，或叫"玻璃"。附近居民到茶馆买的开水和热水，称"出堂水"。

如今这样的"行话"早已不见。这是因今天的成都人对茶馆生活固然有依赖，但也在悄悄地发生变化，比如坐茶馆变成了纯粹的喝茶，与旧时需在茶馆解决生活所需相区别开来。

王笛曾在接受记者采访时说："历史的碎片让人温馨又迷茫。"这解说也不妨看作是对茶馆的意见吧。

2015 年 2 月 24 日

陈锦的茶铺

　　关于成都的茶铺，可以言说的地方极多，虽然如此，却还是没有更多全面阐释成都茶铺的学说。摄影家陈锦的力作《茶铺》被圈内誉为"西南茶饮民俗文化研究经典"。在这部作品中记录了大量的四川茶铺生活的细节，其中，以成都的最为独特，不过，这种老茶铺已被现代茶馆所替代。

　　陈锦认为，四川茶铺的茶具是"三件头"，即茶碗，茶盖、茶船，俗称盖碗茶。茶船即茶托子，托起茶碗，其性能取一个稳字；从茶碗与茶盖的缝隙中将茶水吸入口中，其性能取一个闲字，而这一连串动作所展示的悠闲与得意，就只有川人最能玩味了。

　　现在谈茶论道的人多矣。陈锦说，四川茶铺的饮茶程式，既遵循了中国传统茶文化的"茶道"精神，又执着地表现出四川特定的民风民俗和四川人固有的习性所好。因此，要了解四川茶铺的"茶道"，既要将它放在中国传统茶文化这个大背景上来考察，还要将它放在四川地域文化这一特定背景上来分析。他又说，领略过四川茶铺的茶道，也仅仅是皮毛，它真正的面目，还体现在形形色色的茶客和同茶铺有关人的所作所为之中。

成都茶铺的改造，高楼大厦增多，老街巷日趋减少，因之，通常意义上的茶铺也就不可避免地趋少。在《感怀成都》的书旦，陈锦提到新开街的一家"兰园茶社"：

> 堂子原本不大，但能够从仅仅二十余平方米的铺面房，延伸至百多平方米的街沿，足可摆上近二十张茶具，容纳上百人喝茶。来这里喝茶的，平时一群玩鸟的老茶客，他们早起带着鸟儿去河畔、公园等清幽场所溜达晨练，至午时回家吃饭，然后小睡一会儿，约下午两点再提着鸟笼子相聚于"兰园"。

茶铺，多指露天喝茶的场所，如人民公园、锦江边，乃至于后子门的白果林、北书院街、送仙桥、十一街等地方还存在着一些露天茶铺。早几年去的黄瓦街因城市改造，已不太适合喝茶了。倒是在周边的如元通、新场等古镇上，还有如许喝茶的所在。至于茶的种类，无非是花茶、素茶之类的本地所出产的茶叶，也还有普洱、铁观音等可供选择，但不管怎样，喝茶的地儿已发生了如许变化。

陈锦拍摄各种茶铺的时间长达二十多年，从《茶铺》里的一幅幅老照片里，依稀让人看到茶铺的旧影，茶客喝茶的场景，在今天看来，温情而动人。巩志明说，《茶铺》的图片整体基调很悠闲、优雅，经得住咀嚼。这也不妨理解为成都茶铺的特色。

　　在陈锦看来，成都人只要有茶铺子坐，一切都是无所谓的！这个"无所谓"，无疑道出了四川人的某些性格特质，也提示出了四川茶铺的文化特质——四川茶铺的的确确就是一个什么都"无所谓"的场所。

2015 年 2 月 15 日

竹
枝
词
里
的
茶
香

　　最近，读到诗人杨镇瑜的一首诗，其中写道："茶
味淡时禅味老，有风有月未为贫。弹指百年人何易，
好花每逐岁华新。"颇可反映时下都市人的心态。

　　竹枝词是由古代巴蜀间的民歌演变过来的，"志
土风而详习尚"，以吟咏风土为主要特色，与地域文
化结下了不解之缘。《成都竹枝词》里记录了大量与
成都相关的地方文化风物，其中写喝茶的不在少数。

　　茶馆中小贩非常多，文化名人刘师亮在《成都竹
枝词》描述："喊茶客尚未停声，食物围来一大群。
最是讨厌声不断，纸烟瓜子落花生。"不管成都的茶
馆名称如何变迁，但"最是讨厌声不断，纸烟瓜子落
花生"，今天也是时常遇到的事。

　　1923 年，刘师亮在《青羊宫花市》里写道："当
路茶园有'绿天''鹤鸣''永聚'紧相连。问他每

碗茶多价？都照君平卖卜钱。"由此可见成都茶园里的风景。所谓"君平卖卜钱"，即说的是严君平算卦之事。茶价一律一百文。

　　每年的八月成都又是另一番景象，冯家吉在《锦城竹枝词百咏》说："茶半温时酒半酣，家人夜饮作清谈。儿童月饼才分得，又插香球舞气柑。"作者对此作注曰："成俗中秋夜，儿童以神香满插气柑而舞，名曰流星香球。"又有成都的施茶事："夏日炎炎可畏天，鼻端出火口生烟。茶香一服清凉散，甘露无殊小费钱。"茶园有时又指代戏园："梨园全部隶茶园，戏目天天列市垣。卖座价钱分几等，女宾到处最销魂。"

　　成都竹枝词一贯杂咏新鲜风物，有赞此景的诗曰："社交男女要公开，才把平权博得来。若问社交何处所，'维新'茶馆大家挨。"又，"女宾茶社向南开，设有梳妆玉镜台，问道先生何处去，'双龙池'里吃茶来"。双龙池系花市上的女宾茶社。另外，还有诗云："公园啜茗任勾留，男女双方讲自由。"可见晚清至民国成都这一段历史的社会风貌。

　　吴好山的一首竹枝词里说："亲朋蓦地遇街前，邀入茶房礼貌虔。道我去来真个去，翻教作客两开钱。"这种风俗至今在成都也颇为流行。为何成都人遇见朋友，愿意在茶馆而不是家里，大抵是早些年成都人日常生活过得节俭，居住逼仄，在家里聚会说不准会遇见尴尬事，而在茶馆里喝茶、吃饭等等，只需很少的开支就能办理得很好。因此去茶馆坐坐，成为一种积习沿袭了下来。

蜀中著名书法家、诗人赵熙在《下里词送杨使君之蜀》里亦有与茶相关的描述："青羊一带野人家，稚女茅檐学煮茶。笼竹绿于诸葛庙，海棠红绝放翁花。"此时成都很小，过了琴台路基本上就是城外。青羊宫所在的位置也是在城外，小女孩儿在自家茅檐下学着煮茶，想来亦是贫寒人家的生活。由后面两句可知当时的成都自然景观，古朴而不乏温情，让人想起唐宋时期的诗句。

方于彬是简阳人，方旭称其诗"庄雅清新"。在《江楼竹枝词》有喝茶的记录："假山层叠竹阴斜，联袂游人此啜茶。纳尽晚亮凭曲槛，流杯池上看荷花。"这样的茶铺场景，在成都市区已很少见，想来不免觉得有些遗憾。

1937 年，黄炎培随川康考察团入蜀，在《蜀游百绝句》里写过成都喝茶的场景："小小商招趣有加，味腴菜馆浣秋茶。临时生活维护处，不醉无归小酒家。"诗中的"味腴""浣秋"等其是过去成都有名的餐馆、茶馆的名称。

在竹枝词里品味成都的茶香，些许的细节让人感到亲切，当穿越历史时空，我们再看这些老成都旧景，能感觉到茶馆里的沧桑，却依然是一代代地传递着茶馆精神。

2015 年 2 月 13 日

《成都通览》里的茶

《成都通览》有专章记录《成都之茶》,其中有载,"盐茶道署每年由部颁发川省各厅、州、县茶边土腹引一十三万三百四十五张,共征课银一万六千二百九十三两一钱九分五厘,税银五万五千五百三十七两一钱六分五厘。"此外,"川省产茶州县系彭县(今彭州)、什邡、灌县(今都江堰)、汶川、新繁、崇庆(今崇州)、南江、通江、广元、江油、青神、铜梁、盐源、绵竹、平武、安县、大邑、洪雅、峨眉、雅安、名山、合江、珙县、南充等六十厅、州、县。"可以说,四川的茶叶生产几乎遍地。

四川是产茶大省,每年的收益也是不少:"西路、成华等十八州县,每年额领边引一万八千八百九十四张,每张配大小包,茶运由茂州石榴关、汶川索桥关挂验,至松潘理番厅售卖。南路邛、雅、天、名、荥五州县额领边引七万三千三百四十张,每张配茶五包,共重一百斤，由天全禁门关、荥经小山关、泸定桥巡检验放，至打箭炉发卖，由茶关委员征收银两，每年按四季解道上纳，行新疆各屯腹引一千张，由茶商秦公益亨按四季鲜缴息银，后领印花，拨填腹引，课税由懋功达泉关验收。华阳东山一带多野生茶者乍名老鸦茶，即对节树也。现在成华设有官茶总店，在还会寺街。"

随后，傅崇矩记录了成都市场上常见的茶：

　　春茶　云南之普洱茶也。本地亦有伪造者，亦有将茶铺用过之茶叶晒干另造，面加好茶数片者；叙府之伪造者亦多。有圆饼、方饼两种，圆饼者川中畅销。成团者名女儿茶，近来贩到成都者亦多。

　　香片　一名龙井，南货客出售。

　　红白茶　每斤二十余文，粗茶，家用亦多。

　　苦丁茶　雅州来，苦味。

　　茶砖　雅州来。

　　苦田茶　灌县来，甚少，妙品也。

　　毛茶　分数等。

这其中的"苦田茶"，今天已很少人听说过吧。《成都通览》里还附有刘华丰茶号改良茶叶价目表一份：乌龙上品每斤四元，中档的每斤三元二，龙井上品每斤三元二，中档每斤两元四，香片高档的每斤两元，中档的每斤一元六。

现在时常引用的四川茶馆史料,在《成都通览》里也有相应的记载:成都之茶铺,多名为茶社。成都共计四百五十四家。晚清时节,成都的茶馆也发生变化,图前之斗雀、评理等事已禁止,唯有评书、扬琴可以听听。此外,"瓮锅之名瓮子,水多系井水,俗名圆河水,可以随意买回,一文一罐或一文一竹筒,可做洗脸之用,热度不到不能食也"。

1908 年劝业场(今商业场)开业后,新开有"特别茶铺"数家,其中的宜春楼、第一楼、怀园均好,这几家茶铺的特点是"茶香、水好、座雅、楼高",茅茶每碗四文,春茶、白毫六文,香片三十二文。

稍后,成都的茶和茶铺发生的变化都不是特别大,这也说明成都人泡茶馆的习惯也是由来已久的。

2015 年 2 月 20 日

　　傅崇矩的《成都通览》里记录了晚清时节的成都生活的种种，由此可以看到成都人的生活变迁史。这其中不可不提的是饮食和茶文化，茶文化当中少不得茶与茶食。所谓茶食，从广义说来，是包括茶在内的糕饼点心之类的统称，在《大金国志·婚姻》就载有："婿纳币，皆先期拜门，亲属偕行，以酒馔往……次进蜜糕，人各一盘，曰茶食。"

　　《成都通览》有一篇《成都之茶食名目及价值》记录了成都茶馆里所供应的茶食，并特别说明：

　　　　特制之素点心为清芳斋，在上全堂对门。

　　　　茶食铺即点心铺也。省城以总府街淡香斋为第一，余稍次之，城外及乡市便饭尘羹矣。现经新订价值，每斤点心加钱八文。

现今有改良者加用外国派式，或加焦纸匣，与在前之专售木匣者不同。

装两斤之蛋糕木匣只能装三十个，买点心者不可不知，以免人欺。

随后就列举了成都茶食的价目，从这里也可领略到成都泡茶馆的侧面，并非是面前放两杯茶，谈天说地。而这其中的一些茶食在今天已消失不见了。

淡香斋是茶食中的名店，产品众多，其中的点心价目如下：

桂圆月饼八头三百二十八　山楂月饼八头三百二十八托炉饼八头二百四十八　火腿饼八头二百四十八　葡萄饼八头二百四十八　杏仁饼二百四十八　杏仁干粮二百四十八　葱油荔枝十六头一百六十八　罗汉棋子三十二头一百六十八　西洋饼三十二头一百六十八　冬菜饼八头一百六十八　蜜杂食一封一百六十八　蛋杂食一封一百六十八　乌梅糕一封一百六十八　黑皮糖一封一百六十八　硬皮桃八头一百六　枣泥方八头一百六　枣泥魁十六头一百六　七星饼十六头一百六　洒琪玛二十头一百四十八　鲜花饼十六头一百四十八　桂花卷八头一百四十八　枣泥饼八头一百四十八　蛋黄酥八头一百四十八　水晶饼八头一百四十八　果榄月饼八头一百四十八　枣泥菊花八头一百四十八　枣泥佛手八头一百四十八　玫瑰棋子一封一百四十八　枣泥潮糕十六头

一百四十八　水晶潮糕十六头一百四十八　合州桃片二封一百四　太史饼八头一百三十二　提糖饼八头一百三十二　干菜饼八头一百二十八　玉露霜三十二头一百二十八　芝麻酥三十二头一百二十八　到口酥二十头一百二十八　金钱酥二十头一百二十八　红皮金瓜八头一百二十八　绿豆潮糕十六头一百二十八　鸡蛋糕十六头一百一十二　南卷酥十六头一百一十二　燕窝酥十六头一百一十二　甜缸炉十六头一百一十二　咸缸炉十六头一百一十二　桂花锅魁十六头一百一十二　风云酥二十头一百一十二　薄荷糕二十四头一百一十二　玉带糕二封一百一十二　大薄脆二封一百一十二　洗沙月饼八头九十六　椒盐月饼八头九十六　玫瑰月饼八头九十六　冰糖月饼八头九十六　芙蓉糕九十六　甜、咸黄酥十六头九十六　洗沙糕十六头九十六　绿豆糕二十四头九十六　大云片二封九十六　砂仁糕一封九十六　干沙麻饼十头九十　椒盐麻饼十头九十　玫瑰麻饼十头八十　小云片四封八十　白米酥十六头八十　双麻酥十六头八十　核桃酥二十头八十　各色果子一封八十

成都的茶园与戏园常常有交叉，甚至在茶馆里所进行的娱乐活动少不得川剧、清音、扬琴等等的演出。书中列举了戏园内之点心糖食品。有一份是中国点心价目表：

清汤海参面一百　　清汤虾仁面一百　　清汤攒丝面四十　蛋清炸酱面四十　火腿包子抄手汤四十　虾仁包子抄手汤四十　口蘑包子抄手汤四十　扬州饺子抄手汤四十　夹沙鸡蛋糕、杏仁茶四十　一品玫瑰饼、杏仁茶四十　一品萝卜饼、抄手汤四十　八宝瓤梨、杏仁茶四十

戏园同时也供应西餐点心，其价目表为：

　　千层蛋糕每份三角　卷筒蛋糕三角　莲蓬蛋糕一角　松仁酥饼一角　牛奶酥饼一角　葡萄酥饼一角　柳叶酥饼一角　酥闽丝牌一角　樱桃酥饼一角　杏仁酥饼一角

此外，戏园还根据季节的不同，临时供应点心，其价目：

　　桃仁冰糖奶卷　鸡油枣泥粽　桃仁燕窝卷　桃仁棋饼　桃仁猪油汤圆　芝麻猪油汤圆　冰糖桃仁饼　白糖红苕饼　冰糖杏酪　玫瑰八宝饭　冰糖水晶糕　白糖绿豆团　冰糖山药饼　冰糖芝麻饼　冰糖瓤鲜藕　冰糖藕丝糕　冰糖莲子羹　冰糖鲜花饼　冰糖西瓜糕　玫瑰附油包子　玫瑰猪油年糕　冰糖桃羹　（以上每份钱四十文）

成都因气候温润，出产各种水果。其中的鲜果就是水果的总称，

其品种和价目如下：

　　　　鲜洋荔枝一角　　白糖鲜枇杷一角　　冰糖乌梅糕一角　　糖

炒红果一角　　山楂蜜糕一角　　鲜雪梨一角　　鲜枇杷一角　　鲜

桃子一角　　鲜花红一角　　冰糖花红酱五分　　冰糖杏酱五分

冰糖梅酱五分　　冰糖花生糕四十　　白糖花生糖四十　　白糖核

桃糖四十　　梅干南腿汤四十　　水晶桂圆汤四十　　南虾樱桃汤

圆四十　　烘青豆四十　　炒松子三十　　冰糖梨糕三十　　京都冰

糖乌梅汤三十

　　在人人都泡得起的茶馆，喝茶，点一两份茶食，大抵可以消磨
半天时光，成都人的悠闲就是这样一代代遗传下来的。

2015 年 2 月 14 日

陆游的茶诗

诗人陆游在四川生活了近十年，时值其创作旺盛期，故其作于巴蜀的作品甚多，当数以千计，而与成都相关的诗有两百余首。此外，陆游是美食家，也爱品茶，且是唯一一位做过茶盐官的大文豪。

其诗歌与茶相关的不在少数。如《冬夜与溥庵主说川食戏作》：

唐安薏米白如玉，汉嘉栮脯美胜肉。
大巢初生蚕正浴，小巢渐老麦米熟。
龙鹤作羹香出釜，木鱼瀹菹子盈腹。
未论索饼与馒饭，撇爱红糟并米粥。
东来坐阅七寒暑，未尝举箸忘吾蜀。
何时一饱与子同，更煎土茗浮甘菊。

此诗作于淳熙十一年（1184年），当时陆游六十岁，正奉祠居于山阴。这是四川饮食生活的回味之作。熊经浴说，此诗中的"唐安"，古称蜀州，唐天宝元年（742 年）改州为郡，蜀州改称唐安郡，唐至德二年（757 年），又复称蜀州，今属四川省崇州市境。陆游曾贬为蜀州通判，故对唐安薏米深有研究。又，"汉嘉"，指东汉顺帝阳嘉二年（133 年）在四川西部设置的汉嘉郡。治所在今四川省芦山县境。"栮脯"，即干木耳。干木耳在古代被视为珍贵蔬菜，因其味道鲜美与鸡肉相近，故被称为"木鸡"，盛产四川、福建等地。"更煎土茗浮甘菊"即所谓的菊花茶，用菊花放入茶中，可减少土茶的苦味。在著名的《浣花女》中：

江头女儿双髻丫，常随阿母供桑麻。
当户夜织声咿哑，地炉豆秸煎土茶。
长成嫁与东西家，柴门相对不上车。
青裙竹筍何所嗟，插髻烨烨牵牛花。
城中妖姝脸如霞，争嫁官人慕高华。
青骊一出天之涯，年年伤春抱琵琶。

这首题七言古诗写于淳熙四年（1177 年）。这以前，陆游曾在成都城西外的笮桥寓居，跟当地的农民有较多的接触。在这首诗里，诗人以生动的笔触，记下了他对农村生活的亲切感受。"浣花女"就是浣花溪边的姑娘。浣花溪在成都西门外，离陆游寓居的笮桥不远。"地炉豆秸煎土茶"，翻译成现代汉语：豆秸正在坦炉中燃烧，煎在炉上的家制土茶散发出了一阵阵清香。

另有一首《饭昭觉寺抵暮乃归》里说:

身堕黄尘每慨然, 携儿萧散亦前缘。

聊凭方外巾盂净, 一洗人间匕箸膻。

静院春风传浴鼓, 画廊晚雨湿茶烟。

潜光寮里明窗下, 借我消摇过十年。

这首茶诗作于淳熙三年二月, 时任成都府路安抚司参议官兼四川制置使司参议官, 作为范成大幕府的幕僚, 本以为范基于对他的了解会助他实现恢复计划, 却慢慢发现范并无意于恢复, 于是他再次坠入失望的深渊。

陆游在《九日试雾中僧所赠茶》中写道:

少逢重九事豪华, 南陌雕鞍拥钿车。

今日蜀州生白发, 瓦炉独试雾中茶。

诗中的"雾中", 即大邑的雾中山(又称雾山), 出产佳茗, 山僧以之赠陆游, 陆游以诗记之, 可谓两情依依。又有《初春怀成都》:

我昔薄游西适秦, 归到锦州逢早春。

五门收灯药市近, 小桃妖妍狂杀人。

霓裳法曲华清谱，燕妒身轻莺学语。

歌舞更休转盼间，但见官衣换金缕。

世上悲欢岂易知，不堪风景似当时。

病来几与麹生绝，禅榻茶烟双鬓丝。

在《病中久止酒有怀成都海棠之盛》里，陆游继续表达了类似的情感，这说明他早已把成都当成自己的"第二故乡"了。他说：

碧鸡坊里海棠时，弥月兼旬醉不知。

马上难寻前梦境，樽前谁记旧歌辞？

目穷落日横千嶂，肠断春风把一枝。

说与故人应不信，茶烟禅榻鬓成丝。

当然，在陆游的诗歌里，写到成都生活的地方还很多，单从茶这一方面来梳理就可以让我们看到一个老茶客的形象，栩栩如生地出现在我们面前了。

2015 年 2 月 15 日

读《巴蜀茶文学史》

　　前几天，逛书店看见一册刘昌明的《巴蜀茶文学史》，就毫不犹豫地写下来。都说巴蜀是茶叶的故乡，做如此论断，显然需要更多的科学依据，比如茶文化的研究和论述，特别是出现在文学中的形象，更为值得关注。这也是我买下这册书的原因。

　　刘昌明在《引论》里说："我们研究、整理的巴蜀茶文学史的内容，一是指巴蜀人对茶文学的贡献和成果，二是指在巴蜀地区活动过的巴蜀以外的人对茶文学的贡献和成果，三是指所有涉蜀作品的非巴蜀之人、非游蜀之人对巴蜀茶文学的贡献和成果。既包括直接咏茶、咏茶活动的文学作品，也包括文学作品中涉茶的茶文学作品。"

　　依照这个观点看，恐怕不少茶文学作品，都可以划进来了。但不少茶文学作品却与巴蜀无关。却是不可不提的缺漏。地球上最早的茶树植物已有七八千年的历史，但茶的发现和利用只有四五千年。这是源于对茶的认知过程显然要晚于茶树的生长过程所致。

巴蜀茶文学，从书后附录的巴蜀茶文学家名录也可以看出来，对茶的颂歌是不绝的，从司马相如到张载，再到苏东坡、陆游、魏了翁。值得一说的是，两宋时期是巴蜀茶文学最为丰厚和着墨之处，其后的明清作品，乃至于民国，都不乏值得大写的茶人茶事。但茶文学除了对茶的吟咏之外，却较少对茶人的关注，不能不说是茶文学的缺失了。

这一部《巴蜀茶文学史》不是巴蜀的茶文化史，只是局限于巴蜀的茶文学史，就把茶文化史的范围有所缩小。其实，不管我们对茶文学作何研究，倘若对巴蜀的茶文化做系统的观察，或许就不难得出客观的结论出来。

仅仅看《民国时期的巴蜀茶文学》一章，就不难看出作者的疏漏不在少数，如张恨水写的《茶肆卧饮之趣》《槐荫呓语：沱茶好》等文章对在重庆的喝茶生活多有记述，亦应是巴蜀茶文学的一部分。他如何满子写有十九篇饮茶文章，收在《五杂侃》书里，当然也涉及巴蜀茶文学，这只是外地作家来成都写茶的一部分，当属于作者所说的"在巴蜀地区活动过的巴蜀以外的人对茶文学的贡献和成果"，至于作家们的散篇零章就更多了，本土作家也有对茶文学的贡献，尚未提及的就有艾芜和马识途两位。

说起来，浸润在茶生活里太久，巴蜀作家不管到哪里，多多少少都会留有茶的影子，这一点是毋庸置疑的。

　　有意思的是，作者提到林语堂曾到四川讲学，作过很多茶诗、茶文。但在书里却并没有举出相应的文字出来。至于《巴蜀茶文学史》仅仅关注到民国时期，对当下的茶文学却缺少关注，也不能不说是一大遗憾。不过，因是著史，却少了点历史分析，以及对茶生活的更多关注，也就使整本书无法放开来写，致使书中存在这样那样的缺漏，这大概跟作者不是专门研究茶文学有关吧。

　　尽管这本书读来并不如想象的那般完美，至少是填补了四川茶文化研究的一块空白。希望有识者能够沿着这条路走下去，写出更符合巴蜀文学的著作来。

2015 年 2 月 16 日

虽然平时里也在这样那样的地方喝茶，但对于茶的问题，大概很多人也搞不清楚。"只要有茶喝就好。"可能是一种普遍的心态吧。如果说四川是茶叶的发源地，其理由是什么？这个问题也费思考，毕竟从文献里看，有实物考证却又可以佐证茶叶的生产问题。诸如此类的问题，似乎也困扰着喝茶的心情。偶尔从这里那里看到一点关于茶叶制作的信息，却不解渴。读到阚能才的《四川制茶史》，真有些如获至宝之感。

清代顾炎武《日知录》："自秦人取蜀之后，始有茗饮之事。"成为古蜀国最早饮茶的依据。而茶树种植和茶叶制造起源于西蜀的说法，阚能才从王褒《僮约》和吴理真蒙山种植茶树的传说加以确认，不过，这其中有一个疑问，如果民间传说不能够和历史文献相印证，即是一个孤证的话，结论就难免打折扣。接着，作者认为古巴蜀是最早的制茶中心，这可从毛文锡的《茶谱》得以确认。那么，唐宋时期的茶文化可谓是集大成者了。

有意思的是，作者提出的一个观点是，高原牧区对茶叶的需求，推动了四川茶叶的不断发展。唐代设置的茶马互市或许可以看作是推动茶叶发展的最佳途径。这有一个明显的案例是茶马古道的存在。茶叶制造技术是从四川传播到全国其他茶区。在四川形成的绿茶、黑茶、黄茶制造工艺的基础上，东南茶区发展了红茶、青茶的制造技术；白茶是在古代晒茶的基础上发展演变而来的，最终形成了我国的六大茶类的制造技术。这可谓是发展脉络清晰了。

有时在论述某一类茶的发展史时，可能会因强调茶树种植、茶叶制作的独特性，而忽略掉了茶叶制作传播的途径。很显然，喝茶是日常生活的需求之一，如同今天的大多数消费品一样，因消费者众多，才成为流行饮品的。

《四川制茶史》的第九章，探讨了茶叶饮用方式的发展演化。这不妨从茶具来看，古代茶具包括了制茶工具和饮茶的器具，"由于古代的饼茶饮用之前需要经过炙烤、碾磨、罗筛，因此，炙烤、碾磨、筛分的工具也称为茶具。"至明代之后，茶叶的饮用采用冲泡之法，不再炙烤碾磨。茶叶的制作工具和饮茶的器具才有所区分。

唐宋之前的饮茶方式或许能够给我们提供更为客观的证据。陆羽在《茶经》里记载，其方式包括炙茶、碾磨、罗筛、煮水、煎茶等，其后就是分酌品饮了。值得关注的是，唐代喝茶最为重视的是煎茶的水质。这与今天的喝茶方式是大不相同的。

宋代的点茶对饮茶方式的影响可谓是一座里程碑，现代冲泡饮茶的方式就是在点茶法的基础上发展起来的。虽然两宋时期战乱不断，却有了国民生活水平的提高，不少城市如扬州、杭州、成都等城市的生活状态、饮食文化都发生了质的飞跃。因此在喝茶方式上也就有了创新的可能。到了明代，饮茶的主要程序与今天十分接近：水质、煮水、洗茶、点茶、分盏等确定，如果不区分历史时期，也有可能被认为是当下的饮茶方式吧。

《四川制茶史》给我们提供了一个茶叶制作的演进史，从中可以看到茶叶是如何一步步成为国饮的可能。随着制茶技术的发展，茶树种植也就讲究因地制宜，从而丰富了茶叶种类，这也带给了我们无限的饮茶可能性。从这一点看，这部书虽是一部区域制茶史，却揭示了茶叶制作的众多可能性。

2015 年 2 月 17 日

寻茶路上遇《武夷茶话》

对不同类型的茶类书，多少都有兴趣翻一翻，也并非是想在博大精深的茶文化里有一番作为，或者说只是对茶的掌故有兴趣而已。

2014年3月，方八另兄组织茶友许石林、曹鹏、薛冰、郑启五等去新化寻茶。茶是寒红。我们一行人抵达新化，吃过午饭，先去逛矮子旧书店，每个人都各有斩获。我也买了一摞，晚上回到房间，翻阅淘的书，其中有一册是《武夷茶话》，打开扉页，才发现是作者林治的签名本。书上没有题上款，落款写道，2008年11月8日敬赠。寻茶，遇到茶书，这真是意外之喜。

这本书是某次茶会上的签名本，还是赠给某茶叶协会的呢。最后又是怎样流落到新化的，详情不得而知了。书是由世界图书出版公司西安公司于2007年12月出版的。从西安到新化，再到成都，真是一段茶书旅行的佳话。

书后附有介绍说，此书系六如茶文化之三，属于中国茶话之一。余者包括《亮剑普洱》《神州问茶》《红茶夜话》《绿茶趣谈》《读壶养壶》。对于茶的话题，可不是一两册书就可以写尽的。

《武夷茶话》作者林治，有中国茶痴之称。其对茶的认知可谓浸润日久（从小就爱喝茶），1969年到福建武夷山茶乡插队，从此与茶结缘，1994年读《金刚经》，悟透人生"如梦如幻如露如电如泡影"，决心"惜花惜月惜情惜缘惜人生"，因此从南平地区财政局领导岗位上辞职从文。先后写出过两册《武夷茶话》，我得到的这册是第二种。此册包括茶史篇、茶性篇、茶趣篇、茶艺篇、名人篇、茶话篇和市场篇，几乎与武夷山的茶相关的种种都有介绍，但稍微感觉浅显了些。不过，这也许跟喝茶的经历和文字表达相关，也未可知。

武夷山36峰，气候与茶极为契合，这里所出产的茶有红茶和乌龙茶，也被誉为"中国茶树品种大观园"，仅仅武夷岩茶就有千余种名丛，其中以中国茶王"大红袍"最负盛名。新版《武夷茶话》距离第一版相隔十年，林治在序言里说，这十年里我不知又品味了多少武夷茶，也不知又感怀过多少次武夷山的月圆月缺，花开花落。十年里我总是努力着，试图把武夷茶融入自己的生命之水，然后为读者奉上一盏充满心香的佳茗。读读《武夷茶话》这样的茶书，正可了解茶里世界。

在我，看茶书，犹如跟几位朋友一起喝闲茶摆龙门阵，无须正襟危坐，随意地闲聊就好。一旦将其程式化，可能就丢掉了喝茶的趣味。

不过，若是一个人看茶书，倘若没有一杯茶陪伴左右，那就十分痛苦了。好在喝茶与茶书能一起进行，才多少有点意思。由此生发出来的故事，又是另一段茶话。这或如诗人的闲散：在时光的角落里，打量世界的精彩。

2015 年 3 月 9 日

从来佳茗似佳人

前几天，我在博客上晒户外喝茶的照片，一位网友说："成都的茶馆好安逸。我们这里没有这种茶馆——若是整天去孵茶馆会被家人骂不务正业吧。我们浙江人的打拼与你们的享受生活，真的很难说得清谁对谁错。"这可真是少见多怪，喝茶原本是平常的事，岂有那么夸张地可上升到大是大非的问题上来。

茶之于生活，普通却又适意。每天饮茶，却未必发现其中的奥秘。因此读茶文，就不仅仅在于知茶味，更在于通过茶提醒生活的些许深意。暮春时节，去了阴冷，度过了冬天，坐在春天里，阳光灿烂，恰好读青年作家于左的《佳茗似佳人》，说是一种享受，也是恰如其分。

苏东坡爱茶成瘾，《佳茗似佳人》即是从他的"从来佳茗似佳人"而来。苏东坡的豁达，在命运中逆袭，每每读他的诗书，都觉得实在是古人风雅得多。在这册《佳茗似佳人》可看出古人对茶的态度：陆羽看茶之煮，张大复的煎茶以及陆树声的茶寮记……无不各具风情，虽然并没有从这日常饮茶中上升到茶道的高度，却也深得茶中三昧。

于左将茶分为茶事、茶品、水品、茶器、茶所等内容，全面地看待古人饮茶之法，虽是闲雅小品，且只有几百字的短文，读来却如沐春风。这种感受大概是今天难以体会的精神之所。即便是遇到所谓的茶人，谈茶论茶，也常常是因袭旧说，难以有新的发现，但就是一个"旧"字，能够继承的也少矣。明李日华有茶日记一则："二十七日，惠山载水人回，得新泉二十余瓮。前五日，昭庆云山老僧寄余火前新芽一瓶，至是开试，色香味俱绝。"短短几十字，写了与茶相关的水、茶，又能体味出茶中"色香味"，真是难得的小品。

至于各地的茶适宜于哪种水，以及茶器，也有颇多讲究。如张大复说洞山茶："王祖玉贻一时大彬壶，平平耳，而四维上下，虚空色色，可人意。"又如赵佶论水："水以清轻甘洁为美，轻甘乃水之自然，独为难得。"如今的围桌而坐，一人斟茶，数人饮茶似难以有古之风味。不过，这也跟时事变迁相关，山河污染，哪里还能像古人那般寻找难得之水。实则是不同时代的人，喝茶趣味固然有差异，但对茶的感情也是有着变迁的，但饮茶之风气不变，茶里大千世界也就易窥视得到。

　　饮茶之讲究，在今天似难见踪迹，且不说日常所用的茶器，就是平时喝茶的人也恐怕难以将茶上升到更高的境界。这正如于左在书中所感叹的："二三趣客容易凑齐，清风明月可以等到，新泉活火、疏梅在侧、瓦屋纸窗的环境可以制造。只是当我们端起茶杯时，总会感觉到一点缺憾，总会感到有所遗失。"这种缺憾是由于饮茶的便捷，而思索缺失所带来的。这也如同物质丰富的同时，带给我们的快乐并没有太多增加的缘故。

　　"从来名士能评水，自古高僧爱斗茶。"又有冒襄说茶器："茶壶以小为贵，每一客一壶，任独斟饮，方得茶趣。"这般诗意里的景象，早已不存。整日坐茶馆，也恐怕难以遇到能评水的名士，也难以有茶品的意兴。如此一想，时下的茶风虽盛，却难以有更有意思的茶趣可供谈资。佳茗固然似佳人，倘若缺失了品茶的兴致和环境，也就难以享受到茶里世界吧。

　　读古人饮茶小品，懒懒的下午，也就有了些许意思。

2015 年 3 月 23 日

茶汤茶点的掌故

厦门是令人神往的地方。在厦门逛书店做文化沙龙喝茶是怎样的盛况，我没有亲临过，却不断地从朋友提供的信息中感受到那浓浓的情分。

读到郑启五先生的书，似乎也是自然而然的事。但最初我读郑先生的书，是因北京的一位朋友组织了一套下午茶书系，里面有好多朋友如许石林、方八另、南宋等等的书，这其中就有郑先生的《把盏话茶》。作为一个老茶客，能够读一茶书，犹如围桌话茶，絮絮叨叨，天南海北，自由自在，自然很开心。我读这本书的印象大致如此。后来，我在一篇文章里说："郑先生写茶，也是在写一种生活。但那茶似乎被更多的外在的东西所包围，比如茶之会议、茶之场所的关注，让茶变得活色生香的同时，我却觉得茶之体验该回归于内心，可事实上，我们虽然在喝茶，在聊茶，在谈茶，却未必懂得它的妙处，正如一种私享，无法拿出来晾晒，跟众人分享。那一种隐秘的经验，唯有相似者才能多少有些感悟。"

在《成都文殊院品茶》中，郑先生写道："我入园随俗，仰靠在竹椅上，潇潇洒洒当一回成都人。虽与'左邻右舍'脉脉不得语，却共享着这溢满茶香的晨光。"又："文殊院品茶，品出了点新感觉。"这种茶思真是敏捷得不得了。

去年，著名美食家方八另组织到新化寻茶活动，邀请了不同城市的茶人一同前往，如南京薛冰、北京曹鹏、深圳许石林等先生都去了，于是就有机会见到了郑先生。他喝茶、谈茶，都与众不同，在一路寻茶的过程中，我觉得是些微小事，他却写出一篇篇文章出来。这不妨视为郑先生对茶细微关注体现在日常小事上吧。

寻茶的过程很愉快。那以后，我也经常关注郑先生的博客，看他在茶的世界里，或做讲座或品茶，不一而足。喝茶，在成都人的眼里，是稀松平常的事，所以鲜有更为直观的记录，像他这样不仅喝茶且勤于记录的人，真是少之又少。

不过，这也可理解为不同的喝茶观。

我读《茶汤茶点》，我特别欣赏郑先生在序言里的话："茶食、茶点、茶配、过茶菜……万变不离其宗，就是中国人茶生活甜酸香酥的零部件，万变不离其宗，就是咸宜老少，悦人咀嚼，搅和茶饮，一如既往在大江南北的茶舞台上有滋有味地演绎着各自的配角。"

中国作为茶文化的发源地，尽管谈论的人不少，但似乎能够上升到高度的也不是特别多。有段时间，我读台湾茶人池宗宪的茶书，茶席、茶壶、茶杯，都能细致地观察出世态人情。这跟郑先生的品茶日记，可真是有异曲同工之妙，正所谓：一泡老茶，让人喝出迥然不同的况味。

　　茶之乐趣，正是茶人所向往的世界。只是多数时候，"天下没有不适合您的茶，只是您一时还没有遇上！"从这个角度看郑先生的这杯茶，可真是内容丰富，花样众多，从点滴细节中可读出茶人的温情所在。如今风雅且爱好茶的人不在少数，但像郑先生这样将茶放置于生活之中来看，也还是不多的吧。说到底，茶是生活一部分。
　　泡上一杯茶，读郑先生的茶文。絮絮叨叨地说一通茶事，若作序言，读者诸君切莫见怪。
　　那就从郑先生的茶文开始茶之旅行吧。

2015 年 3 月 12 日

　　茶与艺术有着密切的关系，但那不是普通的茶艺所能涵盖的，而是茶与艺术的融合。在读叶梓先生的《茶痕：一杯茶的前世今生》时，忽然就明白了茶与艺术的关系或许更为多样化，单单是从绘画的角度来研究不同的茶风和茶俗，以及由此演绎的茶文化，也有了更多的趣味。

　　中国是饮茶最早的国家，留下的茶诗、茶文、茶赋可谓是数不胜数，在绘画方面，也有不少的记录。如阎立本的《萧翼赚兰亭图》、赵孟頫《斗茶图》、金农《玉川先生煎茶图》等等，都各有风姿。如"最早的茶画《萧翼赚兰亭图》的左下侧，有一茶床，就是陆羽在《茶经·四之器》里提及的具列，专门用以摆放茶具。具体的茶具，有茶碾、茶盏托及盖碗各一。自此以后，凡有茶画，则必有茶具"，且"几乎在所有以茶具为题的画作里，都配之以梅，或者菊"，可从饮茶的场景来看，在不同的时代，饮茶人的着装、姿态、环境也有差异，但就内容而言，是与当时的背景吻合的。因此，从这些细节着眼，或许就能读懂茶史的更多内容。

这些，是叶梓观察的独到之处，他将饮茶的种种场景与绘画结合起来，就构成了全新的解读。但他不是纯粹从历史或民俗的角度去观察，也并非着眼于学术研究，而是强调通过茶与画和古人的心气相通，如倪瓒的《安处斋图卷》里，"仅为水滨土坡，两间陋屋，一隐一现，旁植矮树数株，远山淡然，水波不兴，清雅的格调与疏林坡岸、浅水遥岑极为契合，清远萧疏，简朴安逸"。这真让人有几分发幽古之情。

茶之于日常生活，不只是闲情逸致，也还有更多的茶俗在其中，如文徵明有不少茶画，名气最大的莫过于《惠山茶会图》。这说明，早在明代，惠山就已进入文人的视野，常常三五相邀，在那里临山凭水，娱目养心。这虽是文人雅士于惠山一角竹炉煮茗茅亭小憩的片断，却与当下的茶风有所不同。试想，你坐在茶楼里，喧闹可能遮挡了自然山水的清音。现代社会的便捷所带来的和失去之间做比较的话，或许失去的更多一些了。

在当下的生活中，我们回头再看这些茶画，再回头读一读那些小品散章，都觉得古人的情趣和性情，是浪漫又奔放的，含蓄而又富有情味。所谓怀古就是怀念那一段逝去的美好时光。今天我们固然也在喝茶，哪怕是在长亭外、古道边，岂又能体验得出那情怀呢？对着《茶痕：一杯茶的前世今生》，我倒真觉得活在当下，看上去是丰富多彩的生活，却是太粗糙了，境界啦、哲学啦，都似乎是远去的事物，以至于在读画时，都会有些忧伤涌现出来。

以散文的笔调再现喝茶的场景，同时打通艺术的界限与隔阂，从不同的时代出发，不管是斗茶，还是煮茶，还是茶与琴的联合，都在传承着茶的精神：有无穷之味。这也正是《茶痕：一杯茶的前世今生》带给我们的启示。

叶梓先生在后记里说，"所谓人生，也就大抵如此了：一杯茶，几个朋友，读书、写字、闲逛，一晃，人生的暮年就来了"，这种感慨是读画的结果，也是茶与画相遇所产生的美好所致。当我们平静地喝一杯茶，不去思想万物，不去看那些茶中的艺术，可能就不会生发出这种感慨。但这却在提醒我们，应该珍惜的是我们的日常生活，它也有美好也有忧愁。只是我们少了关注，才对生活的浮夸多了些欣赏吧。

卷叁

茶事

书房里品茶

　　九月二十三日中午，我从淄博坐车去新泰。一路上，阿滢、谷雨兄不断短信、电话往还，我不断地报告车子所处的方位，热情得手机都感到有几分发烫了。路上，谷雨兄接了我，直奔秋缘斋的所在地。不少爱书人到新泰，一定得去秋缘斋，无他，秋缘斋里的书让人羡慕，更何况还有热情的朋友。

　　到秋缘斋之后，摄影家李振川老师在一旁拍照。跟阿滢兄握手，携手进入秋缘斋。西墙上挂着丰一吟老人手书的"秋缘斋"几个字，其下是张办公桌，桌上一台电脑，堆放了一些书册。背后一排书橱，放着这样那样的书，秩序井然，地上是尚未整理的书刊。随意浏览一下，就坐下来喝茶聊天。

　　喝茶的所在是阳台改建的，有点小，东西各一位置。谷雨兄笑说："西边的位置是我的专座。"东边自然是阿滢兄了。两人对坐，喝茶聊天都好。再有朋友来，一样在旁边可摆出三两个小凳子，照样喝茶聊天。这天泡的茶是新泰的地方茶——徂徕春。于我来说，许多地方茶并不比名茶逊色，就在于它们有地方特性。

第二天上午，我们聚在秋缘斋喝茶，泡的是西湖龙井。聊得愉快，书情书色倒也风情别致。这让我想起谷雨兄的《饮茶秋缘斋》来：

> 在秋缘斋饮茶，实为糟践茶，我与秋缘斋主阿滢先生均不懂茶，冲什么喝什么，从不挑剔，喝茶是引子，聊天是正事。在办公室常喝铁观音，劣质的铁观音，一喝肚子咕噜噜乱叫，除油最好，浓郁的苦味儿，实在倒了我的胃口，秋缘斋少有铁观音，而有一次，阿滢冲一包铁观音，一尝，惊谓"天上来茶"，我说："真不知道铁观音还有这么好的！"

到新泰，除了逛秋缘斋，就是谷雨兄的书房了。第二天，我们三五个人一起跑到了谷雨兄的拙书堂。走进客厅，就是一面顶天立地的书墙，气势了得。平时跟谷雨兄聊得少了点，似乎书友能参观其书房的也不多，自然是这风景有许多可观处，为众人所忽略罢。

谷雨兄爱好广泛，古雅、文玩、字画、陶器等等都属于他涉猎的范围。在书房，看到这样那样的作品，真是琳琅满目。有时，我想所谓的情调，岂不是在这样的环境里感受那一份素雅。

2014 年 10 月 3 日

学一下竹溪六逸

　　下午，由阿滢带领着，与李振川、牛桂华一起去
徂徕山。这山最为著名的是竹溪六逸。我曾在好几个
地方看到竹溪六逸的图画，很是羡慕那种生活。史料
记载，开元二十五年，李白移家东鲁，与山东名士孔
巢父、韩准、裴政、张叔明、陶沔在徂徕山下的竹溪
隐居，世人皆称他们为"竹溪六逸"。他们在此纵酒
酣歌，啸傲泉石，举杯邀月，诗思骀荡。想来是多少
有些隐逸的味道。

　　后来，这里建有徂徕书院。范成大最早提出了古
代四大书院之说："诸郡未命教时，天下有书院四：
徂徕、金山、岳麓、石鼓。"那么，今天还能寻见遗
迹吗？探古寻幽，在徂徕山，或许能发现文化延续的
种种方式，不过，踏足徂徕山，要想看真迹，可能有
些失望，但遗迹多少还在。穿越历史时空，才能体验

出历史上的种种，且不管它的真假，其实都是在暗含着式微的生活，与传统有了距离。

　　沿着石板路上山，上到一定的高处，但见庙宇，似乎难以寻见几许遗迹，残碑断碣，讲述的是往昔的故事。很显然这里没有得到商业开发，所以不管是庙宇店堂还是石碑，尚且没有得以很好的修整，除了我们几个人，就没有参观者。我发现这里的林木种类颇为多样，显示了植物的丰富性。大家走走停停，见一石碑，记载民国旧事，这个可能是最古老的了吧。往下走，好几块石头上刻了仙境、桃源深处、激湍、活泼、竹溪等字样，书法独特。这样的石刻在今天多少还保留着一些古风。

　　竹溪应该是一条很好看的溪流，如今是只看见河滩，不见水流。想象昔日的故事，似乎有些遥远。如今的环境变化，让竹溪早已消失掉了。向下走至地平处，有一农家，几间房舍，看上去简洁、干净，坐下喝茶。阿滢与李振川多次来过这里，如果主人在家，总不忘喝一杯茶。过去的故事，没好去打探，生怕破坏了记忆中的美好。

　　水是山泉水，茶是当地出产的绿茶。茶壶看上去有点旧，而茶杯似乎是拼凑来的，有的上面还有缺口。但爬了许多的山，坐下来喝杯茶，也就有了几分闲散的感觉在。

　　临走之时，我还惦记着：竹溪怎么没有溪流呢？

2014 年 10 月 3 日

文川书坊里

最后的文川书坊

上一次到西安，也是先抵达文川书坊。这一次也不例外，刚下火车，就坐一辆公交车晃过去。北关正街上的中国邮政大厦七〇一室即是西安大名鼎鼎的文川书坊。其主人就是崔文川，我习惯称他为崔老。崔老并不是很老，比我也大不了多少。

这个书坊，多少文朋诗友来过，又有多少艺术家在这里驻足，可真不是小数字。我下了火车，打电话联系崔老，时间还有些早。我就坐公交车过去，他说："我们一起吃早点。"

吃完早点，去书坊，我才知道整栋楼都在装修，电梯不能用，我拖着行李箱，一直到七楼。他说可能最近就要搬了。搬家这事我听说了差不多有大半年了吧。原因无他，这里作为书坊，也还有可改善的余地。最近，他与西京大学签约，也就计划将书坊搬过去。如此，这里就成为文川书坊最后的一段时间了。"下次再来，就到我的新书坊看看。"

这真是一趟书房之旅，在新泰看阿滢的秋缘斋、谷雨的拙书堂，到了西安，就得看看文川书坊。

书坊里林立着的书架一如上次的面貌，各种书有序地摆放在一起，在书架间巡游，大致可以看到阅读的风貌。崔老在微信上发消息说我来西安了，一起吃午饭。

到了吃饭时间，结果来了十多位朋友，可见崔老的号召力之强是一般人比不了的。来的人有文彦群、张梦婕、小白、陆总三强、理洵、吕浩、吉木，以及秦客（王刚）和他的同事李凤举。吃过午饭，大家返回书坊，喝茶聊天，随意说话，自由发言。书友相聚离不开书，文彦群赠一册《崛然独立 孙犁纷争》，秦客送了册《路遥纪事》，陆总则送了一袋最新的书，"随意翻翻"，他这样说。

大家喝茶聊天，蛮愉快。有喜欢书坊里的藏书，刚好又有复本，不妨取一册。书在崔文川眼里，固然是宝贝，但能有人识得书的价值，也不枉送出去了。这样的自在心理，也真是独特。

坐到下午五点钟，大家又约着晚上聚聚。在文川书坊，大家纷纷合影留念，记住这个秋天。

文川书坊里的茶情

清明时节雨纷纷。到西安的第一天，果然下雨。跟崔文川兄联系了，约着第二天去他的书房喝茶。去年，他从北关搬到了现在的大学东路，我说这是移动的文川书坊。

太阳很好，查了下地图，从我所住的建国门的旅馆到大学东路，不过是数公里，一个人沿着城墙外面溜达。说实话，每次到西安，不过是看看朋友、逛逛书店、品尝美食，其他就没喜好了。至于游逛，还真没去过哪里。

文川书坊现在是在一个社区里面，两百多个平方米。客厅里沿着墙体是一排书架，真是壮观，琳琅满目的图书，真有些像时髦的家庭图书馆了。再走进去，才是他工作的场地，环境幽雅，正适合于朋友小型聚会。

稍后，诗人柯林兄也过来了。今年初他就没再去上班，没事就在家看看书，写写文章，再就是锻炼身体，见见朋友。他感叹，生活比以前有规律一些，压力自然就小一些。

晚上，书吃和如风也相继赶了过来。在朱雀大街上的饭馆吃完饭，再回到文川书坊喝茶，聊天，一直到十二点钟才散，雨是早已停了。

第二天一早，天继续下着雨。文川兄就短信过来，说下雨天没啥好逛的，不如继续去文川书坊喝茶。

窗外的雨不是很大，于是，再步行过去。这次从城墙里面穿行，人少。

喝茶聊天，说即将在天津举行的读书年会，以及他在西京大学的活动什么的。聊得开心。就边等周公度兄的到来。我在过来的路上，还以为他已到了地方，谁知还没有到。与公度兄早在微博上相识，却一直没见过面。他的几册书，如《机器猫史话》《从八岁来》，都很有意思，也写了短文推荐。

等到了十一点，公度兄也赶了过来，把茶换了一道，继续喝茶聊天。说当下的诗歌情况，说来我对诗歌的了解并不是太多，有时凑点热闹就参加活动了，也只是仅此而已。

公度兄带来了一套《欧洲风化史》。这书我爱看。

喝过了茶，就去旁边的饭馆吃饭，手擀面，这在西安也是寻常饮食，却做得很地道。吃完饭，就又折回文川书坊，继续喝茶。聊起了叶灵凤先生的读书随笔。对他的作品，我只有向往的份。

这天气，下雨的天气，正适宜于聊天。跟公度兄喝茶闲话，也是难得的清雅。

2015 年 7 月 3 日

与书吃喝茶

下午，与朋友一起参加诗人柯林兄的《柯林品三国》的新书发布会。活动结束以后，就约上朋友小聚。刚巧，这聚会的地点离书吃家很近。他本来要带一幅字送给我。可没带来，在等菜的间歇，他就赶回家去，很快地拿了字过来。

大家聊聊天，说起这样那样的话题，都很投缘，自然喝起酒来就很尽兴。吃过晚饭，小雨下个不停。喝酒是喝不动了，于是就去他家喝茶聊天。

上次来西安，我去的是他的办公室。对于他的藏书，我早已羡慕，能一睹风采相当不易，何况周围像他这样研究"文革"、探索历史的朋友也还有几位。跟不同的书友交流、参观书房，是到一地旅行的重要项目。我总觉得这远比去景区拍照留念更有意思一些。

书吃说："这是临时的居所，不久将搬入新家。"

我环顾了一下房间，确实是小了些。然后，泡茶，洗了两个杯子，又拿出一袋花生米，喝着茶，也就渐渐地聊开了话题。

"下次来，我们就在家里吃饭，喝酒随意，聊天轻松。"这也是让人羡慕的生活。我们俩边喝茶边聊天。

聊写作、聊资料收集，那都是逛旧书摊的成果。说着他拿出一沓资料，是前不久从旧书摊上买回来的，价钱很便宜。随后又说到某一个话题，他回到房间，又拿出一册原始资料。如此往复再三，喝茶的小桌子上已是堆成了小山。这次来西安，能一起去淘一次旧书，那就完美了。跟吕浩、理洵也约过，周六去古玩城、周日去八仙庵，但到我最后走的那一天，却没有去逛逛旧书摊，真是有些遗憾。

茶喝完了，从书吃家出来，雨还在下着。他送我到立交桥下面，打车。然后约着有时间在成都见，那时候再好好喝一次酒。

2014 年 10 月 10 日

在采薇家喝大红袍

株洲有一地名为茶陵，想必与茶有关，可惜没有走走，又有醴陵。记得有一回采薇送了茶壶，即是醴陵所产的瓷器，精美非常。这些自然是与茶有关的闲话吧。

早年在天涯社区认识采薇，那时候，大家往来直呼网名，常常是真名不得而知。一群朋友编《天涯读书周刊》，那时大家似乎有无限的时间做这样那样的公益阅读，真让人开心。后来我才知道她的本名，只是大家无论网上网下，都习惯以网名相招呼了。

有一回，采薇要来成都，她告诉我说，她周末到成都，可是等到周末没有消息，原来她出差的地方是重庆。结果就没有见面。后来，采薇终于有机会来成都，约了冉云飞兄在望福街旁边的一家饭馆，喝酒聊天，兴尽而归。

2014 年的全国读书年会在株洲召开。于是，就约上朋友去株洲转转。那时候，虽知道株洲，也只是跟采薇、舒凡相关，再就是著名作家聂鑫森先生。到了株洲之后的一天，采薇请吃饭，然后与其夫妇沿着神农湖散步。

湖的面积不是很大（很快就走完了一圈），湖边的树木也还不够郁葱，但在湖边行走、跑步的人不少，我们几个人边走边聊，说起读书的种种故事，也蛮开心。

后来看看时间尚早，就几个人到采薇家喝茶。我喝茶是乱喝茶，几乎是什么茶，都可以喝上一杯。采薇家是在一个大院落里，顶楼上面又加了一层，楼上作书房，也适宜朋友三五个在这里喝茶聊天。站在楼上刚好可看见神农湖。

十月的株洲，天气依然很热。茶桌、茶具一一摆出来，开始泡茶，茶是大红袍。喝茶，聊天。在株洲的十多天时间里，大多数时间在旅馆里喝茶，偶尔去一次茶楼，环境太优雅，却不如散淡的好。

时间越来越晚，茶亦趋淡。株洲的街上，行人少了许多，也许在热闹的街上又有不同吧。坐车回到旅馆，再泡一杯茶，悠然度过在株洲最后的夜晚。

2014 年 10 月 25 日

听昆曲

南京之行，纯属意外。这是因到了芜湖，距离南京已很近了，何况有一部书稿，需与编辑沟通一下。于是就有了南京之行，到的中午就跟编辑见面，吃饭，很快确定了书稿的事，然后就见见老朋友。

有天下午，跟薛冰老师一起，坐地铁，又转公交车，在路上，他不断地跟我讲解周围的建筑。如此，这种小旅行，也就有了意思。民国建筑，在南京还有很多，这大概是因居住者的身份特殊才得以保留下来的吧。

坐在公交车上，串街走巷，我不大熟悉。而后走在小路上，两侧是建筑群，看上去很美好。

接着，走到颐和路上的颐和公馆，这是民国建筑群的十二片区之一，里面有二十多个建筑。不少人在里面观光、拍照。我们几个人走进一栋建筑，在楼上楼下观看，真是有点奢华。薛老师跟我们讲解这些建筑的故事，谁谁曾经住过，又发生了怎样的故事，听来别有意味。随后，我们几个人坐在一个院坝里，喝茶，聊天。

茶是红茶，大概由此可领略到南京不同于普通街市的风情。有一位朋友在这个氛围里，忍不住来一曲昆曲，是《牡丹亭》的片断，婉转，动人，另一位朋友拿起相机，记录下这一刻。这不免让人想象民国味儿。

这可真像是一场雅集，三五个人，分享一份情感。

他们四处看看，我留在这里喝茶。这环境真好，与其东走西走，不如选一处所在坐下来，打望。我这样说的时候，薛老师也坐了下来。他说，年轻时，总喜欢多走一走、看一看，希望能收获得更多一些，年纪一大，就开始做减法，坐在某一处，享受一下那个氛围，就够好了。

成都像这样的建筑少了。记得那一年宽窄巷子在拆迁时，也去怀旧一回。几个人坐在破烂的路边，来往的行人不绝。如今想想，都觉得像是前尘旧事一般。

喝茶，聊天。这民国的老建筑，因重新装过，但其风格保持不变，也就给人一种簇新的感觉。在这个年代，怀旧成为一种潮流。坐在这里喝茶，过了多少年以后，或许就成了一种风景。

有的时候，喝茶喝的是一种心境。这个下午，有茶有昆曲，多一种夏日浪漫的味道。

2014 年 5 月 16 日

安徽之茶

　　对故乡安徽所知实在不多，虽然在此生活了十几年，遇到诸如安徽的饮食除了徽菜之外，也还觉得临泉饮食更贴近中原菜系，特色并不是很大，无非是在面食江湖中开拓一片世界而已。

　　安徽的茶也蛮好。我平时所喝的茶简直是乱喝茶，普洱、绿茶、花茶，一路喝下来，却连黄山毛峰都未曾喝过，这样说只是在临泉时，不太习惯喝茶的缘故吧。六安瓜片是在作家谢伟的花影楼喝过一次，清淡。这种味道却似安徽南方的性情，与安徽北部差异很大。所以像唱歌的艺人当中，安徽人绝少，是跟声音不太圆润或清澈相关，也像安徽的地理特征。我不太确定，安徽的茶是不是都是如此。

　　太平猴魁、祁门红茶都很有名气，却很少喝到。诗人毕亮说，喝故乡的茶有乡愁的味道。我倒觉得，也可能不完全是这样，不过是念茶念故土吧。乡愿在中国似乎是挥之不去的情结，所以，喝茶也体现出了这种情感。

临泉不产茶叶，饮食特色也极少。记得平时待客就是一点不知放到几时的茶叶，平时在家不过是一杯白开水而已。这种简洁的方式是因为茶对生活的影响并不大。这茶不过是解渴，尚未上升到生活哲学的高度。

不过，这也可解释为何一旦接触茶叶，就生发出别样的情感。在安徽的不少地方是没有茶馆之说的。下饭馆吃饭，简单的是大麦茶，讲究一点的是苦荞，大一点的饭馆则是泡上一杯茶，茶是什么名字，却始终没有记起来。茶是泡在玻璃杯中，固然可观察茶叶的形状，冲泡之间的变化。但却可能因水的温度关系，让茶的味道发挥得淋漓尽致，似乎也有困难。

就我喝茶的经验来看，安徽的茶，之所以没有觉得有更多的特别，是喝得太少的缘故。在成都泡茶馆，你说来一杯太平猴魁、黄山毛峰之类的，都觉得新鲜，甚至不可思议。这茶还是在当地喝，才能喝出几许滋味。在这一点上，茶味或许更能让人找到感觉。

昨天，在合肥跟一群朋友吃饭，喝茶、聊天，都是在饭馆里，至于专门泡茶馆，似乎是难以想象的事。

2014 年 9 月 21 日

茶马古道上的禅诗院

　　朋友南北像一位游吟诗人，写禅诗，在城市里住久了，怕感情变得迟钝，不再纯粹。就住在乡村，先是在黄山脚下的太平湖居住，后来换到上海、昆明，再到大理，后来，干脆住在大理沙溪古镇上，地处偏远，却可活在自己的世界里，不必理会尘世里的凡俗。

　　住在古镇上，也常常被打扰。南北就在沙溪古镇的山上买了一块地，盖上三五间房子，于是，这成了现在所看到的禅诗院。一条可体验行走的茶马古道从其门前经过，"咦，茶马古道上也有这样的场所，真是少见啊。"又或者是"古道边，小径通往不可知的去处，正寻觅，却见一处院落。"所以，常常有旅行者在其门口驻足、拍照、打望，甚至也有人欲进来与他探讨一番禅诗。这样的生活真让人羡慕，有禅意且不说，那种自在生活也是让人向往的。

　　禅诗院建筑在半山之中，可俯瞰整个沙溪坝子，或遥望石宝山和玉龙雪山，开门见山原来不只是日常生活中的常识，现实中也可遇见。有意思的是，禅诗院的不远处就是一间庆慧庵，禅与寺院，与茶马古道在一起，于是，沙溪古镇也成了热闹的天地：咖啡馆、客栈，现代生活让这里少了几分宁静。

单说这禅诗院，房前屋后，南北栽种一些花草树木，也开辟了一块菜地，农家生活，充满了田园之乐。每年的冬天，禅诗院邀请诗人雅集，在梅花绽放之时，来一场梅花诗会，真是有几分风雅。像这样一个场所，也难得：读书、写作，淳朴的生活，自然的理念，这与城市生活，可真成了一种鲜明的对比。

在不少人的心目中，大概都有一个这样的梦想吧。禅诗的境界，并非是一种简单的自然现象的回归，而是通过诗歌，抵达精神的高地。不少朋友都去过现代禅诗院。闲暇之时，在茶马古道上漫步，恍若有一种穿越之感。

现代生活常常被描摹成复杂的形态，看上去固然美好，但却与自然生活相违。南北在现代禅诗院里过的生活朴素，可却顾得顺其自然的风流状态。哪一天在茶马古道上走着，偶然撞见禅寺院，不妨敲敲门，走进去，饮一杯茶，打发一个下午，所谓禅，岂不正是这种简单生活的象征？

2014 年 7 月 21 日

在书店喝茶

　　我们在书店里见吧。有好几次，朋友聚会，懒得去茶楼，就只好约在书店里见面，聊聊书或者随意地闲谈。

　　朋友也是爱书之人。早几年，有的城开有书吧，但做得太"死"，服务员常常是板着面孔，言语亦不周，去过一两次，就再没有兴趣去喝茶看书，连带着逛书店的心情也少了。

　　大概是基于这样的原因，后来有的书店也开有咖啡吧，开初，不少人对此是将信将疑，总觉得不是很美好。过了一段时间，才渐渐地接受在书店里喝茶或咖啡，清静，适宜思考，朋友聚会也就选择在书店里。

　　成都人坐茶馆有下午茶的意味，所以一到下午，好像大家都出来喝闲茶。因此书店里也人满了，有时又不得不拼桌喝茶。这情景，跟在茶馆极为类似。只是在这里办公的人不在少数，一台平板电脑就可以工作。即便有聊天者也都小声交谈，这又与茶馆的喧闹形成了对比。

其实在书店里也没有别的事，只不过是喝茶，见见朋友罢了。这与通常意义上的逛书店又不大相同。逛书店是以消费图书为主，喝茶偶尔为之。但在书店里喝茶，就是在消费书店的文化和氛围吧。但在书店，时常是没有那么精准的分析。我倒觉得适宜和便捷，才是选择在书店喝茶的主因。试想，倘若它等同于茶馆，又不能很方便朋友间的聚会，恐怕也很难会有人去喝茶。像我这样纯粹喝茶的人，在书店里也不在少数，说到底，是在书店体验茶文化，还是在茶里体验书店文化，似乎都没有那般的重要。

至于在书店里邂逅一些人与故事，那是意料之外的事。有次我去轩客会格调书店喝茶，遇到多年前的老同事某君。人事变迁，手机常常更新换代，联系方式早已不见，倘若不是这次偶遇，可能还是一直处于失联的状态。有的朋友，一开始大家喝酒聊天，很快乐，但终究只是这样场合的交往，到底是不能够坐在一起喝茶闲聊，这样想想，所谓朋友，有时难免是一种落寞了吧。

2015 年 3 月 9 日

赣榆绿茶的闲话

没去过江苏的赣榆县。

去年，第十二届全国民间读书年会在株洲举行，江苏的李嘉图兄亦来参会。他带来了两盒茶叶，是赣榆绿茶，包装很不错。当时也没在意，回到成都才开始试喝。大概一个月就喝完了。

茶清色绿，喝上去与四川的绿茶有些相似，又有些细微的差异，似"润"的少了点。绿茶的喝法，当然是尽快拿到很快地喝下去，不像普洱或者黑茶，放上一段时间再喝，也没有关系。

说来真是有趣，起初我以为这名字既然是赣榆，应该是江西的某个地方。还跟江西的朋友说，你们老家产的赣榆绿茶，很不错。当时人多，他没有问起，我也就没说什么。大概如此，就一直误会下来了。前几天，将喝完的茶叶盒整理了一下，这才仔细地看茶叶介绍，才知道是错得离谱（这类的错当然是源于对地理学的不熟悉）：赣榆绿茶，有悠久的历史，是江苏最北方的优质生态绿茶基地。其条形紧秀、汤清色绿、香气清高、回味甘醇，是赣榆的名产之一。

看完说明，觉得不大通顺，是江苏最北方的优质生态绿茶基地，应该是"江苏最北方的优质生态绿茶基地生产（出品）"吧。且包装上有"赣榆县优质生态茶园基地出品"，又标识茶厂地址为"赣榆优质生态茶园"，但到底是"基地"还是"茶园"，或者两个是同义词？似乎也纠缠不清。不管如何，在通常理解上，"基地"应该比茶园规模大一些，茶也会上档次一些。后来我网上查询，有赣榆县柘汪镇优质茶叶基地，还有"花木之乡"之称的城西镇有近万亩生态茶园，这一下就更迷糊了。亦有介绍几家赣榆茶企的名茶，如金山的"徐福"茶，班庄的"夹谷春""榆山毛峰"。厉庄的"凯碧"茶等。

据史料记载，金山镇从秦代开始，就有了种茶、刻茶历史，并通过徐福把茶叶传到了韩国、日本，风光旖旎的泊船山，珍藏了无数的传奇故事，但后来历史中断了。2006年的一组数据显示，赣榆从1971年引入茶种大面积栽培以来，面积逐年扩大，发展至今，已有茶园4000亩，产茶180吨。栽培品种主要有福鼎大白茶、宜兴种等。很显然，经过近十年的发展，赣榆的茶叶有很大的进步。

纠结这个，当然没道理。但好在茶已喝过，感觉上也还不错。但要是看了包装上的文字，恐怕喝茶的兴趣会相应地少一些吧（茶叶的包装、广告还是要尽善尽美一些，否则可真影响喝茶的心情）。

这样说，真有些对不住嘉图兄送茶的好意了。好在最后还是弄明白了是怎么回事，至于误读，也就可看作喝茶的趣闻。

2015 年 3 月 9 日

　　早就知道邛崃产茶（又被称为邛茶），前几年，还去花楸堰参观过一回茶园。这次到夹关镇参加采茶节的活动，才知道这里也还有黑茶，且是"中国黑茶之源"。

　　不过，我最早知道的是湖南安化黑茶，或者云南的普洱茶。我在微博上说邛崃产有黑茶，很多人还对此有疑问，想必是对此了解的人数并不是很多。

　　邛崃在早些年产茶的区域有崃山"十八堡"之称，可见产茶的区域范围很广，至于是否都生产黑茶呢，也还是一个疑问吧。

　　邛崃黑茶，始于公元903年，是国内有确凿文字记载的最早的黑茶。邛崃是世界上最早产茶的地方之一，邛崃黑茶距今已有1100多年历史。唐末五代蜀国大臣毛文锡《茶谱》载："临邛数邑茶，有火前、火后、嫩绿、黄芽号。又有火番饼，每饼重四十两，入西蕃、党项，重之。""火蕃饼"，为饼状紧压茶类，据说就是邛崃黑茶，也是中国最早的黑茶。

"火蕃饼"主要"入西番、党项"，是"南方丝绸之路"（唐蕃古道）上最重要的外销商品之一，为汉、藏、羌、彝、回的商品交易和文化交流做出了重要的历史贡献。不难想象，从邛崃开始的茶马古道上，这种茶延伸出的是经济、文化的交流。这或正如朋友周重林所说的茶叶江山，倘若没有这茶，可能有的历史片断会重写。

明洪武六年（1373 年），太祖诏令："天全六番司民，免其徭役，专令乌茶贸易。"这里所说的"乌茶"就是黑茶之前身。黑茶属于后发酵茶，其古法制作"皆以甑蒸，而捣之成饼，每饼七斤，或六斤，为之一甑，裹以纸，惟竹档茶贴金而加图记，以示贵重，余则无。凡茶四甑，编以竹片而总包之，外加牛皮，始可行远，每牛一，驮服四包。"姚莹《康輶纪行》里说。此外，"茶凡三品，上品曰竹档，值银二钱；次曰荣县，斤值银六分；又次曰绒马，斤值银五分，此炉城市价也。里塘、巴塘、乍雅、察木多，以次递增至二两，乍雅则三两二钱，为最贵焉。"

那么，这里所说的竹档是否就是邛崃的某地。我查询手头的资料，却并没有相应的记载，又，胡兰成有句："胡床边的篱落，绝不使我们生城市山馆的厌气；优美的茶间当中的瓦壶竹档，绝不使我们发生瓦盖草堂的恶感；村落间墙壁上贴着的浮世画，绝不令我们觉得有看三官神像那样的劣等情绪；乞食的穷和尚，吹着古韵悠扬的尺八，比之我们听宣卷，要生几十倍的耽想中古时代历史。这种种地方，都是人人很容易觉察得到的。"两者是否是同一，且不管他。

如今，邛崃黑茶获得国家地理标志保护产品授牌，自然名正言顺地打造黑茶品牌，至于如何与安化黑茶相提并论，或超越，那都是后话了。

2015 年 3 月 19 日

艺术圈与茶

　　早就约好了去四川雕塑艺术院去拜访江苹老先生。去年在合江亭边上的翰文大酒店，江老过八十岁生日。我也跟着去凑热闹，宾朋满座，那次是第二次见到他。以后常常是周末在送仙桥边喝茶遇见江老，交流的却不多。他的故事我听说的不少，但还没到他的画室坐坐。

　　九点半，我就坐车赶到雕塑艺术院，问了地址，上楼寻找，他已在画室了。等了一下，画家唐劳绮和书法家、诗人李兴辉先后到了现场，后来，画家辜祖亮也来了。大家摆龙门阵，聊天。

　　江老说他的故事多，但一些老艺术家的更应该挖掘一些。于是接下来就摆张大千的故事，比如在成都办敦煌展览，也还有没写到位的地方。他收藏了一册《张大千敦煌展览特集》，里面有展览题词等内容，可见当时的盛况。我说上海的叶永烈刚出了一册张大千的传记，成都作家邓贤也在计划写。应该说有很多看点的吧。

大家随意聊天。辜祖亮说，成都像江老这样的画家不多了，又说起时下的艺术界的推陈出新之说。李兴辉说起成都的艺术圈旧事，最后大家对时髦的"成都画派"提供了意见。我说起自己想写成都艺术圈的内容，江老的记忆力很好，回忆起曾经历的种种故事。说来都不免让人感叹，艺术圈像一个名利场，现在经历的不妨记录下来，隔段时间再看，也许就能发现其中的问题或价值吧。

关于书法，江老说，临碑几十年才能有成绩，仅仅是临帖就不够的。画画也是，线条处理不好，就只能胡乱画，写意了。这话我赞同，倘若没有多年的基础，仅仅想急功近利学到几笔就拿到市场上赚钱回来，实在是有违艺术之道。

聊得很尽兴。江老送我有关他的资料，如跟张大千的交往，记忆中的傅抱石，以及老画家的故事。说起成都的老报人邓穆卿，那册《成都旧闻》是极好的民国史料，相对而言，车辐老先生更像是介入文化圈，对成都本身生活的场域关注得更少一些。坐到中午，几个人在旁边的小饭馆吃饭。

到了一点钟，接到小说家江树的电话，我还以为他所说的聚会临时取消了。于是就赶到小天北巷的黎黎茶坊。这条街应该是以前路过，却没有注意到居然还有好几家茶铺，江树和吴晶已坐在那里喝茶聊天，然后就等何大江来了。说来这次聚会是前一天刚确定的，正所谓择日不如撞日，就定了这次喝茶聚会的地方。

江树还带了一包今年的新茶。只是不知道是不是蒙顶山的茶。说来这正是喝新茶的季节，成都周边有产茶的地方，陆续有新茶上市了。大家喝茶聊天，随后江树到一家饭馆喊来了饭菜。

阳光洒下来，让人变得有点慵懒。每家茶铺里，几乎坐满了人，喝茶者、聊天者，也有人喊了鸭脚板边晒太阳边啃。这是春日下午的景象。

坐到四点钟，各自散去，刚好何大江跟我同路，就提议一起在市区里行走一下，走到人民公园。于是，就沿着街巷走下去，边走边聊天。这样安闲的生活，平时是难得遇到的吧。

2015 年 3 月 26 日

　　春分，又逢二月二。几位朋友约在郭家桥下的茶园聚会。

　　坐车先至章灵寺，车站名虽为章灵寺，却非是其旧址。然后步行至郭家桥正街，先去那家旧书店看看，时间太匆忙，选了一套艺术家阿年主编的《四川画家小传》，三册，精装本。六十元拿下。近段时间关注成都艺术圈的旧事，这类书不容错过。

　　步行至锦江边，原来这里的一条小河加了盖，找不见踪迹了。昔年读书的一处厂房已成一片废墟，或许不久有新建筑生长。曾经的岁月还有几多刻痕？

　　然后大家谈成都艺术圈趣闻。我拿出几册淘来的书，话题自然引到阿年先生的旧事上来。说来，成都的艺术家有不少靠自己打拼，混出一片天地，而有的艺术家在"成功"之后，不再精进，自然就落伍了，昙花一现而已。活到老、学到老，艺术才能生命力永在。

有一友带来一包今年的新茶，是竹叶青筛下来的碎粒，看上去不大好，却十分够味。我将花茶换成这茶，味觉自然大不同。徐老师讲起1949年之后的事，如何查茶馆的贪污，以及卖汤圆的偷税漏税。真是见证一个时代的荒诞。

阳光灿烂，茶园旁边的树木，盛开如许鲜花，河的对岸是垂柳泛绿，喝茶的人是越来越多。唐老师带来江苹先生藏的《张大千敦煌壁画展览特辑》复印件。从文章中可以看出展览的盛况。

陈长安现在武侯祠美术馆工作，他摆起了祖父的故事，以及唐昌镇的人文风情。我只见过一册与唐昌相关的书，故所知不多。但就是那些未知的故事，听来亦有味，且可广见闻矣。

坐到五点钟，约着下次再会，随后各自散去。春天的阳光，依然照在锦江边上。如许的茶会，看似漫谈，却有着不同的人生况味，一如季节的转换。

2015 年 3 月 21 日

三月底，杭州的艺福堂在微博上做寻茶之旅的活动，且取名为"春茶起义·势不可挡的春茶力量"，又说，时间进入了万物萌生的四月，草长莺飞，正是春游踏青好时节。少年宫、游乐园、小山坡、田间地头都洒满了童年愉快的回忆，这样的寻茶之旅也有意思。

艺福堂是杭州一个大学生创业的茶品牌，取"百年福气，茶艺满堂"之意。刘贞亮《茶十德》说：以茶可行道。这里的道，可以多种解释，但不管怎样，道可以化生活于无形之中。

与寻茶之旅匹配的还有"茶与青春"微诗歌大赛，不过，能够到杭州去寻茶，也是十分美好的事，这也是一场别致的春游了。在杭州生活的朋友不少，高中同学徐黎明亦在那里定居，却从没去过杭州。说来，这也是几近二十年没见的同学了。

于是，就转发微博，期待能够去杭州寻茶。这几年，陆续去了神农架、湖南新化寻茶，在四川也走了好些个地方，给我的感觉是浓浓的茶文化，茶味更值得体验。

在成都喝茶，甚少喝到西湖龙井，倒是去年在阿滢兄的家里喝过一次，感觉江浙的绿茶与四川的做法迥异，味道相差却不是特别大。

名气大的茶，喝来似乎就舒服一些。其实这也是一种误读，这犹如饭馆里吃饭，贪图的是名气而已。对西湖龙井，大概也可作如是观。何况现在好的茶虽多，但适合自己的那一款却似不变。这大概是茶人最念念不忘的一点。

过了几天，收到茶叶，是艺福堂做的明前龙井。今年的新茶，陆续收到了好几种，每天悠闲喝茶，也是一大快事。

做茶是好玩又有趣的事。能够将不同的茶与人分享，也是种快乐。喝茶能体验到种茶、做茶的心情，也是美好的吧。

2015 年 4 月 11 日

　　五一假期，以玩为主。早在前几天，唐劳绮老师
就约着大家到蓉西苑来喝茶、聊天。去年来过蓉西苑
一次，感觉很不错，树木郁葱之下，喝茶也是极好的事。

　　昨天，早早起床，忙乎稿子的事。吃了早饭，收
拾停当，到蓉西苑已快十点钟了。约定的几个人都还
没有到。城里堵车很严重，打几个电话，都还是堵在
路上。

　　先到的人，喝茶。唐老师带了茶叶过来，花茶、绿茶。
家里也有今年的新茶，却忘记带了过来。

　　说起《唐友耕年谱》的事。故事蛮多，只是有时
候，我们读到的故事历史遥远，像有些亲历者的故事，
不妨先记录下来，查证后再说。

　　画家、作家曾倩和张老师坐地铁过来了，所以比
其他几位先到茶园。刚坐下，我就说起了广州张在军

先生出的新书《当乐山遇上珞珈山》。她说在网上买了一册。这样的学者让人尊敬，倒是乐山本土的作家对此似乎兴趣不大。然后就约着等在军来成都，约几位熟悉的朋友聚聚，喝茶聊天，不亦快哉。

书法家曾松茂也赶了过来，倘若不是堵在路上，也真是该早一些才到。出人意料，好像哪里都在堵车似的。

快十二点了，彭大泽和书法家徐立言、林雅兰一起到了。徐老师带了早上刚写的书法，颜真卿的劝学诗："三更灯火五更鸡，正是男儿读书时。黑发不知勤学早，白首方悔读书迟。"刚好可放在儿子的案头，利于学习。这一次期中考试，他只考了六十多分，真是出人意料了。

后到的人先喝一口茶，聊上几句。餐厅服务员就过来通知开饭了。于是，一群人到餐厅吃饭，喝酒聊天。未曾想，这里的人不多，只有三四桌。去年来的时候，吃饭的人特多，且喝茶的人亦多，相比之下，真是有些冷清。

张老师摆起了龙门阵，下酒。每次喝酒，总怕酒带得太少了，这次用饮料瓶带了一瓶过来，应该够了吧。结果喝酒的人只有几位，尽管如此，还是很尽兴。

坐到快两点钟了，坐在院坝里继续喝茶。说起成都艺术圈的种种故事，外行常常是看热闹，内行只需看门道就成。正心、初心，这类的词语似乎少见了。书画家聚会，常常是以如何赚钱为目的。

当然，有商业没有什么不好，但过分商业化，可能就丢失了味道。

茶园里人少，也少麻将声。众人坐到几近五点钟，乘车归去。五一的茶会，不必奢华，轻松聊天，也是一种休假。

2015 年 5 月 3 日

与历史有关的下午茶

　　成都周边的古镇平时游客少，去游玩正相宜。早就约着去安仁古镇。上一次去安仁还是去年暑假。这次去，听说安仁要打造成 5A 景区，把民国风情街、刘氏庄园、建川博物馆都包括进来。这听上去是好事。但对于一个不爱逛景区的人，不如找一安静的地方，喝喝茶聊聊天，更舒服一点。

　　在民国风情街，逛了几家公馆。然后去红星街的尽头，刘血旺吃饭。据说这家血旺是最正宗的，店主的娘家以屠宰为业，自然熟悉血旺。在民国风情街上，有一家游血旺，生意不错，相对而言，这家的菜式多一些，刘血旺以血旺为主，菜式少一点，却经典。

　　刚坐下，老板就端来了稀饭。那应该是称为面筋、豆浆、绿豆汁、米等等的混合物。碗里一块面坨，吃上去与平常所吃到稀饭不同。点了血旺、烧茄子、豆花、藿香鲫鱼几样菜，简单，又能尝到特色。

吃完饭，就到河边（应该称之为水渠）的水碾坊喝茶。水碾坊，只有碾坊的形态，摆着古早时的几样农具，看上去倒有点似风情园。院坝里、长廊下随意地摆着桌子，或喝茶或聊天，都相宜。

茶是素茶，正宜闲话。说起刘文彩庄园里的收租院，据说除了现在展出的泥塑群像之外，还有六组泥塑群像是活捉刘文彩，又摆起刘文彩的水牢，以及冷月英的故事。刚好看到一期《安仁文史》，对此也多有描述。

喝茶闲话，与历史有关的下午，在茶坊的河对面，有一辆有轨电车来去，车上除了司机之外，没有乘客上下，偶尔的车辆路过，倒是让这个下午多了些人间烟火气。

2015 年 5 月 15 日

天津茶情

去天津参加全国读书年会，我只带了十余册《微阅读》送送朋友，常看我博客里的"微阅读"是无须再送，这本书里的不少文字都是脱胎于博客，只是后期又在文字上做一些润色而已。

天津是第一次去，熟悉的朋友倒也不少，初见的朋友唯有由国庆兄，他喜好老广告，写美食、写民俗，各有不同的味道。他写的文章，我爱读，短短的文章，真是纸短情长。到天津的第一天晚上，跟朋友聚会尚未结束，他就已到酒店，于是，就先舍弃了酒局，到房间跟他一起喝茶聊天。

接着几个晚上，国庆兄陪着逛旧书摊，逛北宁公园，游走意风区，在几个名人故居参观，不辞辛苦。有几个晚上，几位书友约着一起消夜，也请他一同前往。他是坐一下，喝茶聊天，然后又早早退场，除了参加读书年会的活动外，我才知道他还有家事要忙。

国庆兄跟我一样，都是胖子。这且不说，在天津的几天，每天的温度都是30多摄氏度，在户外行走，真是受不了，所以边走路边擦汗是常态。在逛街的中午，他给我一盒"昆仑雪菊"。这茶情，比吃大餐更让人愉悦，在茶里更容易见到一个人的性情。

说起这"昆仑雪菊"，我第一次喝，是在作家蒋蓝的家里，印象挺好，我曾写过一篇短文记述此事。国庆兄说这茶能调节三高。对一个胖子来说，这样的爱护之情更显生动。还有一盒茶，他送给了山西沁源杨栋先生。后来，杨先生在博客里说："回到山里还能感受到他友情的芬芳。"说得真好。

茶情，看似清淡，却有浓浓的诗意。想起在天津的几元里，一群人喝茶聊天的快意场景，真是幸福。不管世事如何沧桑，有茶在，就有了几份味道，友情的味道也就在这茶中了吧。

2015 年 6 月 24 日

听雨楼茶事

先说香港的听雨楼。香港作家高伯雨先生出身澄海的豪门家庭。1937 年后，他移居香港，靠卖文为生。岭南多雨，因平生喜雨，故号伯雨，在报纸上开设的专栏和以后结集的随笔也多以"听雨楼"为名。

何家干先生曾撰文说："周作人自号苦雨，高伯雨则喜欢'听雨'，实际上却似有一种心灵的默契。"高伯雨先生已离世二十余年了。好在有《听雨楼随笔》传世，那一代风流人物，在今天不能说已成绝响，但也是少见了。

在郫县的唐昌古镇，亦有一座"听雨楼"，那是书画家赵仁春先生的居所。

那天，我们一群朋友到唐昌游玩，逛文庙、走文昌宫巷、看崇宁公园。诗人、书法家李兴辉先生约了仁春先生来。中午，几个人在小馆子里喝酒，酒是仁春先生自家酿造的桂花酒，喝酒聊天，闲话成都的书画界趣闻，也是让人大开眼界。

吃罢午饭，众人步行穿过菜市场，就到了听雨楼，门口有对联曰：了无俗累只寄兴梅花，但有余闲即留心翰墨。

进去即是小院落，栽种一些时令花草，两层小楼，二楼为画室，壁上有几样书画作品，颇清雅。于是，众人分成两拨，一拨在楼上集体作画，一拨在楼下喝茶。我跑来跑去，喝茶，也看大家作画，生怕错过了些许细节。

在一楼的左侧也有个房间，大概是待客的场所，几个人坐在沙发、椅子上喝茶、闲聊。我坐在那里，忍不住打一个盹。夏日的阳光虽然不热烈，却还是闷热，若是来一阵雨就好了，可惜没有雨来。

我没去询问这"听雨楼"的来历，想来，也是一种文人的情结。众人忙过一阵，到一楼喝茶，说着书画界的事，说唐昌的旧事。我记得我看过《唐昌轶事》《崇宁学人》两种，印象深刻，若不是当年的成灌路从安德铺经过，唐昌还不会如此衰落的吧。唐昌曾为川西最富裕的上五县之一（温郫崇新灌），文风亦鼎盛，那些故事，在旧街巷里依稀可寻觅。

坐到三四点钟，茶也淡了。众人出门坐车，散去。回到成都，我查仁春先生的资料，发现他与侯开嘉教授合著的《四川碑学名家包弼臣、余沙园》，刚好手头有一册，还尚未阅读。想来，他喜好书画、文史掌故，这与高伯雨先生是极为相似的。

当然，周作人的苦雨无从寻觅，世间再无高伯雨，以及香港的听雨楼了。好在，在川西平原的唐昌镇上有赵仁春的听雨楼，这也不妨视为文化的传承了。如此一想，在听雨楼的下午茶事，也就多了几份涵义与故事。

2015 年 7 月 3 日

冷水泡

虽然平时喝茶，却未必懂得茶的真味。都说喝茶是一门艺术。而泡茶的技术，是饮茶当中最重要的一环，水的凉热程度几乎决定了一杯茶的质量。

有一次，有家茶企请大家喝茶，是冷水泡茶，冰水亦好。茶依然是绿茶，其他的茶类是不是也可如此冲泡，尚未有尝试。

茶泡的时间要久一点，一般需半小时之久，茶叶舒展的缓慢，好像是在等待一朵花的绽放。这个过程，使茶的味道却大不相同。但大家习惯的是鲜开水泡茶，似乎这样才更容易得到茶味一些。

技术变革，在习惯面前却总是有一个缓慢适应过程。如茶，鲜开水泡是有茶史以来的习惯吧。

不过，在健康专家看来，冷水泡有种种好处，如日本学者清水岑夫曾经做过如下的实验：他用冷水、温水、沸水三种方法抽提茶叶浸出物，然后用高血糖的老鼠进行试验。发现只有冷水浸出的茶水提取物，可以使得高血糖老鼠的血糖明显下降，达 40%。且得出这冷水泡茶比开水泡更健康的结论。事实究竟如何，不得而知。

陆羽大师在《茶经》里叙述的饮茶方式，与今相比，可称为古法。如今能追寻他那种饮茶方式的人，绝少。无他，今天饮茶更多的是讲求相宜，而非传统。这是与时俱进吗？却未必是。就冷水泡而言，是给了茶另一种姿态。

前段时间，参加一活动，有位朋友直接将绿茶丢进矿泉水的瓶子里，水慢慢地呈现出茶色。大概是觉得矿泉水无法呈现出所谓的茶味，以至于才有这样的举动。不管如何，在大多数习惯于开水泡茶的时候，都会让人觉得新鲜。如此饮茶，倒也是别致。不少人跟着学，只是更多的时候，我们没有如此的饮茶习惯而已。

冷水泡茶，夏日里尝试，让人蛮开心的是，茶的浓淡似都无所谓，只是这平添了饮茶的乐趣吧。

烹茶、煮茶，循规蹈矩的饮茶，以此沉淀出来的是茶的岁月。冷水泡，换一种方式饮茶，也好。

2015 年 7 月 17 日

听雨喝茶的天气

　　夏日绚烂，闷热中不见性情。朋友约喝茶，懒得做事，此正相宜。浣花溪公园前几年去喝过茶，就没再去过。

　　朋友约在浣花溪公园里面，杜甫草堂旁边的茶铺喝茶。遥想当年杜甫在成都生活的情趣："黄四娘家花满蹊，千朵万朵压枝低。留连戏蝶时时舞，自在娇莺恰恰啼。"这景致现在是难得一见了。这草堂边的茶铺前几年也去过若干次，有时懒得跑路就没再去喝茶了。

　　随后就想起 3+2 读书荟成都馆开在草堂路上，就给 3+2 读书荟新场总部的周好联系，说是可以去看看，能喝茶就更好了。她说，也不大清楚情况，喝茶应该没问题。

　　成都馆开在成都市文化馆里。第一次到文化馆多少有些失望。凌乱，进去就见一个停车场，也没个指示牌。看上去就像一个三流的博物馆吧。

询问门卫。他说，今天可能不上班，问问前台就知道了。懒得问前台，径直在院子里走走，再进去是展览长廊，其中悬挂的摄影作品多与成都相关，看的人并不多。然后就看见了一栋建筑，远看，以为是餐厅，再看看前方也不见有书馆的样子，于是就沿着小径，走过去。

看见3+2读书荟的标牌，才放了心。坐定，要了两杯茶水。里面只有五六个人，倒是有三个人大声武气地说话，一副暴发户的样貌，两位老年人在安静地看书。

两人参观了书馆，见有《书式生活》和《杯酒慰风尘》，又有读书风景文丛、本色文丛、开卷书坊等系列的书，熟悉的自不在少数。虽然书不是很多（书架并没有摆满），但可见品质。看完即坐下来聊天。说成都这几年的文化生态，以及熟悉的朋友情况。雨越下越大，因屋顶上面是铁皮所做的，雨声奇大，固失去了雨打芭蕉的趣味。这倒是难得的听雨过程。

雨声如大珠小珠落玉盘，说话的声音难以听真切，那就听雨好了。

这应该是今年最急切的雨了。一阵阵凶猛地袭来，不由得感叹，幸好不是露天喝茶呀。有句话说：雨打风吹，急切复密集，若沙场点兵矣。

安静地听雨，或闲翻书。刚好这里又无网络，真是一时隔绝与世界的联系。忽又觉得，这般听雨，喝茶，倒也是周末的一景吧。

雨渐渐小了，以为这雨随后就可停住。岂知这雨若喘息一般，过了间歇，立刻又密集地敲打起来，又若乐曲般的美妙。

那三个人看雨小了些，就急匆匆地离开。朋友和我继续喝茶论书，东说西说，真是逍遥自在。

这般听雨，这般喝茶，倒真是别致的夏日记忆吧。

2015 年 8 月 14 日

立秋，立秋

立秋日，在传统意义上已经进入秋天，但"秋老虎"每年都会出现，在成都，一般热到九月底是常事。但最炎热的季节几乎是过去了吧。

周末在家，连聚会都懒得参加，看看闲书，正好。南京《开卷》主编董宁文寄来一册《纸香墨润》，八十多位作者从各个角度来谈《开卷》，各有味道，就好像是一场茶话会，你方唱罢我登场，各抒己见，有时难免意见相左，好在都是闲话，不必在意。

中午开始下雨。气温一下子降了下来，真是好天气。手头的文稿暂且放下，无须忙乎，享受这一刻的雨，也是难得。泡茶，茶是花茶，另外加上了赶黄草，味道与平时所喝的茶，自然大不相同。每天朝夕相对电脑，眼睛也吃不消，所以从去年开始，唐劳绮老师建议喝茶时，加点赶黄草在内，且这对解酒也有益处，作为酒客，真是喜爱之后的余兴。

至傍晚，雨愈大。书看到一半，就没心情看下去了。立于阳台，望向城市森林，远处的楼宇看不清楚了，虽无绿意，却也还是烟雨迷蒙。

这真是难得的景致，正适于喝茶或发呆。阳台上栽的几束花草，随风摇曳，偶尔有雨滴落在叶片之上，茶是淡了，又泡了一杯：这回没有再加赶黄草，回归到正常。

立秋这天，《成都通览》里说，立秋日，成都人便挑一担井水或者河水，烧茶服下，谓之"吃秋水"，据说可以免患痢疾。那是从前的旧事，至今还在做的，有吗？再看成都习俗，大约是不在乎此节气的吧，在饮食风俗方面，并没有那么多讲究。

在城市里生活，对农历的节气，感知的越来越少，但身体对此依然有所敏感，季节交替之时，总是有些不适。坐在阳台上，刷微信，倒似乎有这般闲情逸致的人少了。无他，这是在都市生活久的人都有的毛病——敏感于生活之外的能力大大地降低了。

茶事，在这一刻想与人分享，却偶遇不到。打一通电话：约三五知己赏雨聚会，固然算得上是一场雅集，再写几行诗句就更美妙了。但如此一来，似乎就变成了俗事。

并非是所有美好的事，都适宜分享的吧。如此一想，干脆就坐在那里听雨声，望向窗外，其实窗外也没什么风景可看，烟雨之中，让我想起在河边的漫步，船只飘零，或偶有渔人垂钓的场景，都让人有几分激动。

夜幕降临，窗外的灯光不甚明亮。晚饭后，就躺在床上，听雨声，偶有车辆驰过……这样的世界，能够静下来的时间倾听的少了。

林徽因在《八月的忧愁》里说，从没有人说过八月什么话，夏天过去了，也不到秋天。那么，在这个立秋的节气呢？

2015 年 8 月 10 日

秋日茶趣

　　秋天，在成都今年终于显现了身形，先是下了几场连绵的秋雨，接着就是艳阳高照，不太热烈的阳光，让人觉得舒服极了。

　　刚好站在阳台的一角，正可西望，遥见雪山，更多的是山的形状，有人说是西岭雪山，又说是四姑娘山的幺妹峰，不管是哪一种，都让人欣喜。

　　泡上一杯茶，也不管是哪一种茶，绿茶、普洱，或者红茶，都相宜。搬一把椅子，支起一张小桌，就成了。

　　喝茶，看山。也是一种趣味。

　　此刻好像就在山脚下。不由得想象登山的事，惬意。可是在现实中，最近的四姑娘山或青城山，都有数十公里之遥，说去登一回山，却也费事，所以只好想想了事。

喝茶的趣味，当然在山之形状可以远眺，而非实际的行走。在我家的左侧，即是著名的三环路，不时有车穿过，形成都市的车流，若是遇上塞车，可就是壮观的车阵了。那是与看山不同的滚滚红尘。

茶喝过几杯，阳光越来越烈。但依然是极好的阳光。山开始在雾霾中转变身形，模糊，以至于终望不见身影。这个过程只有一两个小时吧。

这山对茶客当然有另一重意义。某天，又望见远山，我忍不住说出来看山的事。朋友说，真难得，是西岭雪山吗？我说我也分辨不出来，反正是可以看见山。

我又说，下次我请你喝茶，看山。真好似山是我家里似的。

但能够看山大多是早上，唯有早起才可望见。如果一大早打电话邀集人来看山，岂不是扰人清梦？这且不说，串街走巷的过来，若是慢了几分，哪里还能遇见山？我不由得疑惑起来，也就没有将喝茶看山的事继续扩大。我知道，这会惹人嫉妒恨。

过上十天半个月，成都就渐渐地进入雾霾天，早起，也看不见远方的风物。模糊的景象实在是让人有一种厌倦。

不管天气好坏，茶还得每天继续喝下去。有没有雾霾，看不看见山，似乎也都没有多少要紧了。但秋日的那般淡然却似乎难以寻觅了。须知在进入冬天之后，成都灰蒙蒙的天气总让人有些不爽，要想欣赏远山，只有等第二年的春暖花开的时节了。

秋日的茶趣，好像灵光乍现，很快消失在生活之外。在诗人的笔下，那是可追忆的风物，可浏览的岁月，但也只是一种刻痕，只供在寂寞的时候凭吊吧。

2015 年 9 月 16 日

卷肆

悟茶

春茶之韵

春暖花开，总不忍待在房间里，好像那样就辜负了大好的时光。刚好有事去木简文化，见雷老师伟卫，说来，也没顶要紧的事，不过是找个理由聚聚。

对茶的兴趣，原本极淡。有，亦可，没有，也没啥要紧，但有总比没有的好。如此一想，就有了喝茶的念头吧。这理由不管是否靠谱，总能让人喝得如意，才是舒服。

坐公交车，一路晃过去。在车上不免想象喝茶的场景，如此晃晃悠悠，到了地方，差不多已过去了一个小时，真是恍惚得可以，以往，可没这种闲情逸致，晃荡一回，喝茶闲聊。

办公室里有一套茶具，小巧，别致。泡茶，是沱茶。口味极淡，也许是自己压根儿没想着这样的喝茶吧。才会有如此的感觉。喝过几泡，换绿茶。

成都的绿茶，大抵是花茶，花花草草一样，给人春意，那种感觉倒也别致。但跟竹叶青又不是一条道上的，喝一口茶，倒也有种绿意在。

茶，这玩意儿，每个人的口味不一，在我，总觉得花样翻新，才是最好的体验。一味地沉溺于某一种茶，固然能容易成就大家，但这却如同面对形形色色的美食，只喜欢那一种老味道，会徒生出抱怨来，自然不美。

雷老师最中意的是大红袍。味道稍显重了些。在我，不管是白天，还是晚上，总不肯轻易去碰它，因担心吃过之后，失眠的状况发生。简直比咖啡因还有效果。

最后换上来的是大红袍。多少有点惧怕的味道。不过，在这春天里，哪怕是失眠一次也值。这就好像从未体验过的生活，总有惊喜可言。

慢慢地将茶汤注入口中，那一个缓慢的过程，与其说是品茶之味，不如说是在想减缓失眠的到来。

等到茶喝到两三泡，想起这大好的春日，待在办公室喝茶，固然茶很不错，但不能跟阳光会合，倒也真是遗憾。

于是，出门，下楼，去活水公园。

以前，常跟几个朋友去活水公园喝茶，倒不是看公园的景致——虽然它曾获过好些个环保大奖。对设计师而言，这里的景色仿佛就是长在那里，有"属于它自己的生命"。不过，对我等来说，也就是一个喝茶、娱乐的所在。

阳光从树叶间洒下来，斑斑点点，打在脸上、茶杯里，居然也有一种意境。

喝茶的人并不是很多，也许是因上班的缘故。以前，我上班的时候，遇上这等好天气，总不肯待在办公室里，找个理由，出门，晒太阳，喝茶。哪怕是一个人也好，总能在那里让自己安静下来。

露天喝茶，要紧的是自然，假若吵吵闹闹，即便是环境很雅致，怕也是喝不出多少味道。阳光在茶色中渐渐地淡去。三三两两的人跟着散去。雷老师回办公室看看，我则就近找一辆公交车，再晃晃悠悠地回家去。好像这一天就满意了，好像这个春天就过得有不同的味道。

茶，是在滋润着这朴素的生活，让人容易生发出些许感想，这也是茶之余韵吧。

2013 年 4 月 8 日

茶艺

如果说泡茶是技术活，那么，茶艺距离茶道，可真是太遥远了。

对茶道的理解，或许更多的是从精神层面上去考虑，但就一杯茶而言，却未必有足够的思想沉淀。在茶馆里喝茶，体验不出来，大致也是如此。

所谓茶艺，不过是掺茶技艺，因加入不同的风格，才有了后来的种种表演。

看过一些茶艺表演，有的还创造出不同的招式，好像是很有创意。但不管是哪一种风格，美则美矣，却不够大气，茶的气度，完全没有表现出来。

在人民公园的露天茶铺里，也时常有类似于茶艺的表演。那是早些年的事，最近几次去喝茶，却不见这样的表演，取而代之的是玻璃杯泡茶，抑或有盖碗茶，是直接拿了水瓶，直接冲开水。

这表演也在式微。茶博士的称呼，在今天也少见了。

巴蜀文化研究专家陈世松曾写过一本书《天下四川人》有比较不同的喝茶方式，他介绍北方茶馆是高方桌长条凳提梁壶泡茶，正襟危坐，喝得累人寡味。川东一带，喝老荫茶，一根根的长木板凳，纯属喝水解渴歇口气的，是"无茶无座"（成都人不认为老荫茶是茶）。南方的茶馆装潢华丽，待客以自制的点心为主，是"有座无茶"。成都的茶馆"有座、有茶、有趣"。

至于茶艺，多半要到茶艺馆才能欣赏到了。偶尔也有茶馆在节庆期间做一些表演，不过是给游客看的。

有时喝功夫茶或普洱茶，也会有茶艺的表演，那是不经意的，好像是顺其自然的发生，让人觉得没有那般的唐突。

茶之艺术，精华自然在细节，但有时喝茶，忽然有茶艺的表演，开始可能觉得美好，但看得多了，对此也就有了看法。甚或如茶客所言，竹靠椅、小方桌、三件头盖茶具、老虎灶、紫铜壶，还有那堂倌跑堂……也似乎成了消失的风景线。

有一次，带几位台湾来的朋友去沙湾的老顺兴茶馆吃饭、喝茶，菜不算地道，想着茶馆里有茶艺表演，能见证下老成都茶馆里的风情，却不是这么回事，而是一群食客，饭罢坐在一起，看台上的川剧表演，不外乎变脸、吐火之类的，几个节目过后，散去。朋友觉得很遗憾，"这就是老成都的茶馆？"

当然不完全是。要说代表成都茶馆的，算不上是茶艺的表演。而是街头巷尾的普通茶铺，正因普通，那种随意、自在就很难得。

　　坐在房舍里，开着空调，喝茶、聊天，却没了自然之气。即便是有再好的茶艺表演，怕也是有点煞风景。

　　普通的茶，喝出茶道的刻痕，需要的是历练。而茶艺嘛，却还是有点自在为好。这当然不是境界之争，而是在喝茶这回事上，实在是难以上升到那样的高度。

2013 年 4 月 8 日

喝茶的下午

　　昨天，一个刚从广州、北京过来的朋友说："哎呀，成都有什么好啊，没有好吃的饮食，连星巴克也是最近几年才有的。"我想，这肯定是他的问题了，才没觉得成都的好。事实上，说成都好的理由很多，比如美女啊、休闲啊、饮食啊等等。但我以为最令我满意的还是，这里可以随便找个露天茶馆或者场子喝茶，毕竟成都的茶馆、茶楼，几乎到处都有，不想去远了，在住处附近都可以找个茶园。而且这茶又不贵，一般像花毛峰、菊花茶，也都是三五块一杯。一杯茶喝一个上午或下午是常有的事情。

　　有段时间我没有上班，每天早上赶车到大慈寺去喝茶，晚上才回来，中午就在这里吃盒饭，这样的开销也不过 10 元左右，想来，这是在其他的城市找不到的。不过，近几年，成都人喜欢上了普洱茶，这多少令人有点意外，本来嘛，川茶多厉害啊，喝普洱茶，是不是洋盘不知道，反正现在开普洱茶馆的，都是人满满的，那情调是与普通茶馆不一样的。

不摆龙门阵，不是成都人。曹刘杯酒论英雄，成都人却是杯茶论人生。这杯茶不是周作人的苦茶，而是陶渊明的休闲茶，这茶却浸润着成都的千年文化底蕴呢。虽然我不是成都人，却也热衷于这个，就源于它的休闲，特别是一个人没事的下午，可以拿一册书，坐在幽静的大慈寺或者找一个露天茶馆喝茶，是件很爽的事情。这时，周围喧闹的打麻将、说话的声音，仿佛和自己不相干似的出现，是令外地人想不到的。

亲朋好友聚会有时也在茶馆里，不是图个人气，而是因为在这轻松的氛围里，更能平添一份感情。犹记得有时，朋友发生不快的事情，也是在茶馆里说事的，结果皆大欢喜，这是在别的地方做不到的。

有许多个下午，我和朋友是在茶馆里，边摆龙门阵，边喝着菊花茶，时不时会为一个观点激烈地争执起来，但这只是一时的性起，绝没有打架的可能，自然是相谈甚欢的了。这是在其他城市见不到的现象。其他很多城市只会在咖啡馆里体验一种小资，但绝体验不出成都友情的浓厚和热烈，让大家在这种亲切的氛围里度过一段难忘的时光。

哥们有个论坛叫"喝茶的下午"，那是另一种形式的聚会，圈内的朋友大都喜欢到那里交流，虽然大家不是在一起喝茶聊天，也能体味出茶馆的氛围来，更为难得的是在这样一个个下午里，我们不但分享了彼此的快乐和不快，更是增进了友谊。这样的喝茶也是别有风趣的。

现在，那个论坛早不存在了，喝茶的下午，想起这些旧事，真是感慨，是什么时候我们开始怀旧了。刚巧，有位女孩从路边经过，问了一句："请问，大叔，去泡桐树怎么走？"

忽然，一时恍惚，什么也想不起来了。

2010 年 5 月 4 日

春深梦浅，风过花飞。

储光羲在《钓鱼湾》里说："垂钓绿湾春，春深杏花乱。"

秦观亦有一首诗，其名曰《次韵裴仲谟和何先辈》，他写道："支枕星河横醉后，入帘飞絮报春深。"

十点钟，躺下，复又起床。全无睡意。找找家里的小食，有几样水果，可没了兴趣吃一枚。书是民国表情，读郑逸梅的《艺林散叶》，长长短短的故事，读来有味，似青灯。

电话响起，有些不合时宜，是朋友约着去泡酒吧。实在是喝不动什么酒了，这几年真是跟娱乐场疏远了。即便是去 K 歌，也不过是端一杯酒而已。

这场景，想来，都觉得有点腻烦。是对生活的面孔有所期待，又有所失去之后的感慨。窗外的花朵，散发出淡淡的情绪，对，不是清香。

挂了电话，一时有些无措。

烧水，泡茶。红茶就算了，放在夜晚里，岂不是失掉了情调。偶尔喝一次，真是觉得遥远。每天忙忙碌碌，哪里学得了那般的优雅。

泡上一杯绿茶，是明前茶。我喝茶有些胡乱，逮着什么茶，都可以乱喝一气，毫无章法。想着作家古清生上次说的神农架野生茶，接地气的茶，手工制作。这一层意思现在都被机器淹没了。想着喝这样的茶，也许更有味——至少没失去高山野生的滋味。

喝茶这么些年，真还是没惦记着喝哪一种茶更适合自己的。有一回，去都江堰玩耍，朋友文佳君送了一大包青城山茶，我不太确定那是否跟道家有关，喝的怎么样？现在全无印象了。

这倒不是对茶的情感很淡。这就像面对这春夜，矫情总是免不了的，一个人说打发时间也好，寻找情调也罢。那都是属于自己的时间。

有说，香茶伴春深。

好像是为了追求那一种意境，才这样的。岂知喝茶的无非是讨得一个心喜。只是更多的时候，我们连喝茶都要赋予更多的涵义，好像只有这样才能过得更有意义一些。

有那么一层意境，已经足够好。亦如茶道，说来有几多悬乎，好像是禅境，又好像是从世俗里升华出来的哲学。

春深几许，茶已淡，困意也上了心头。

且把茶具放在那里，独自睡去。但愿有梦，那不过是一场游戏一场梦，当不得真。可有时候，我们偏偏要把这当成日常生活。

2013 年 4 月 19 日

通感

在家里，大清早喝茶，也颇可玩味。只是有时，我们将这个过程具象化，就难体验出那一种雅致。

泡茶、洗茶的过程，加上喝茶的程序，美妙一点看，口齿生津，好似成了喝茶的习惯用语。但不仅仅是茶，视觉、听觉、触觉，都有可能激发了灵感，那一种忘我之境，常常是难得。

有了第一次体验，想在同样的环境里再寻觅，大费周章，却未必寻见。在相似的环境里，我们总以为跟过去一样，岂知这喝茶当中的些许元素发生了变化，就体验不了第一次的感觉。

偶然读《文选》。马融在《长笛赋》里说："尔乃听声类形，状似流水，又像飞鸿。"真好。

某天，跟几个朋友喝茶，听琴。不免想到嵇康在《琴赋》里所写的感觉："状若崇山，又像流波，浩兮汤汤，郁兮峨峨。"那琴声有时如高山峨峨，有时如水声汤汤。如山是听声类形，如水是听声类声。真是奇妙的体验。

钱钟书先生将这种感觉放在文学中，是一类修辞手法，他起名叫作"通感"。所谓通感，即感觉挪移。那么，移植到喝茶的过程中，岂不也是美妙无比。18 世纪的神秘主义者圣·马丁说自己"听见发声的花朵，看见发光的音调"，也是这种境况。

通感，在诗人的文字里，之所以在词语的转换之间能读出千百种姿态，就是打通了各种感觉的链接，由此及彼，在那所营造的环境里，真是茶进入肚腹之中的万千变化，形象而又贴切。

有时，找不到这样的感觉，是自己太愚钝，以至于看不到、听不到、嗅不到、触不到……真好似盲人摸象，不知大千世界里的繁华，亦不知在那个小我的境界里已经体验出了种种奇妙。

这通感，是求不得的。

2013 年 4 月 24 日

茶馆里的作家

　　钱穆先生在成都期间，对茶馆情有独钟，在幽幽清茶当中享受生活，忘却离乱，用他自己的话来讲："余之在成都，其时间之消费于茶座上者，乃不知其几何矣。"（雷文景《大师们的成都岁月》）

　　不只是外地学者、文人来到成都如此，就是本地人，大有以茶馆为家的意思。比如诗人何小竹所写的《成都茶馆》一书，多少是泡茶馆的结晶。文化人泡茶馆，跟普通人无异，也不过是喝茶吹壳子罢了。

　　有次，跟朋友闲聊，说起成都人的喝茶。他说，成都诗人喝茶特没意思，两个人喝茶，坐在河边上，望着河水发呆。点点头就成，茶喝得淡了，天也晚了，就又点点头，各自散去。这样的喝茶，无须交流，好像那言语都在这茶里了，亦或者说，诗人喝茶在于意境。

　　时常跟作家、诗人聚会，也大都在茶馆里，喝茶，聊天,又或者斗地主,都可以玩儿,那不仅仅是喝茶,更有广泛的交流。这才是体验生活的一种,试想,假若没有了茶馆文化,成都人的日子又是怎样的消遣?黄悴兄曾说,老苏州的文化,"澡堂是一个功能多于茶馆的小型社会,吃饭、会客、喝茶、闲谈、理发,都可以在这里进行"。那是苏州的风景,成都茶馆的功能,却也同样具有丰富多彩的内容,只是这时常不为外人所知道罢了。

茶馆俨然是一个社会的微缩版。各色人等出入,各种信息都会交流。观察茶馆,无异于是从这些信息中获取相应的灵感。成都作家如聂作平则喜欢在茶馆里写作,边写边听旁人的聊天,也是一景。曾颖则习惯于坐在府河边的茶馆里,翻翻书、喝喝茶,一个人静静地,好像是从那里汲取营养。对更多的作家、诗人而言,这茶馆就是一个社交场。坐一下午,喝茶、闲谈,所费也不多,更何况从这种闲谈中能获取更多的思想呢。

有一回,跟诗人凸凹、印子君、张选虹和小说家庹政、杨不易在巴金文学院里喝茶,几个人因为对文字的兴趣,还聊起了文坛的事,以及小说、诗歌的写作。像这样的聚会真是风雅。但更多的时候,诗人聚在茶馆里是要朗诵诗的,作家聚会则可能谈的是别的话题,但所谈的话题不论扯得有多远,都跟书或阅读有关的。

热闹当中,独有一种清雅的风景。是茶馆里所独有的,有时,在茶馆里也会相遇一些文艺青年,抱一本书慢慢地啃。那么,成都的茶馆文化滋养了多少作家、诗人的灵感,真是不可胜数。

茶馆也会走进这些文化人的笔下。何小竹有一首写坐茶馆的诗，开头是这样的：

> 我看见池塘里栽种有睡莲／睡莲的远处有一男一女／我听见背后有两桌麻将的响声／这时候，下起了雨／一男人匆忙从小径上跑过／我坐着，但是我很舒服……

洁尘亦说，任何事情，无论好坏，在成都都可以"绕"到一种说法上去，而且，这种说法听上去很有境界。不得不承认，这样的狡黠，是一种烂熟的文化所特有的。不，不是烂熟——成都人又要纠正了——这叫圆融。这多少是跟茶馆有关了。

2013 年 4 月 26 日

从喝茶到禅境

　　喝茶虽然很大众，但懂得喝茶的真谛，可也真是难得。比如前几天，跟茶人严绍云在一起，喝茶，聊茶，聊的话题越来越远，甚至还聊到了"茶禅一味"。这当然是源于日本茶圣千利休，单从他对茶的经历看，却也颇为复杂，他以一介商人，受贵族和武将的赏识，进而成为茶道宗师。

　　一代茶宗千利休所精研的茶道偏向贵族化，使过往铺张奢华的茶风变成孤独清闲，成为修养身心的一种手段。来参加茶会的人希望超脱世俗，进入洁心净身的境界，要求茶室具有山间自然的风情，千利休因此创造了"市中山居"——闹中取静的茶室。

　　有一种说法是，千利休把"茶"和"禅"的精神结合起来，创造一种以简索清寂为本体的"佗茶"。这种以隐逸思想为背景的茶会，与当代的书院式茶会相反，一扫豪华风气，只是邀请几位知己在一间狭小而陈设简单的屋里，利用简单的吃茶器皿，在闲静中追求乐趣。其实，茶之境界并非是一成不变的，而是顺着时事的演变而来，也正因如此，"茶"与"禅"的关系在演绎中才会有众多的变化。

相对而言，"茶"与"禅"的微妙关系所构成的世界并不为众人所解，其形式也并非是待在茶室里才能体验出那种茶道。有时想想，为何我们泡在茶铺里，所谈的话题，所想的问题就是跟芸芸众生相关，职场、生活一个都不能少，而在茶室里又要想着茶禅一味？这是不是精神的进化，又或者说只不过在乎的是喝茶的外在形式。

在喝茶的路上，茶禅一味所构成的世界不只是属于千利休的，也是属于当下的，只是我们在寻找的路上，总会让左顾右盼干扰了走路的方式，也就会使我们的视觉偏离了行走的轨道。严绍云说，用减法做茶，用茶做减法。这在我看来，已颇得茶之趣味，在我们不断做加法的世界里，倘若有一种减法能让我们回归，也够好。相对于外在的衣饰，茶所整理我们的身体空间岂不正是禅的妙喻吗？

2012 年 10 月 18 日

饮茶美学

　　偶尔跟朋友一起去喝茶，选来选去都不知道喝什么好。大概习惯了花茶，如果换成铁观音——看多了网上关于铁观音的广告，都想吐了。好友王来扶送的是安化出产的黑茶，喝起来美妙绝伦，大有普洱的滋味。但就是如此这般，喝茶，还是有点踌躇。这样的场合经历得多了，自然会有点感慨，也就搞不明白哪种茶才是够好。这时总有热心人随意点一款，至于是否中意，那就自己知晓了。

　　前段时间，跟严绍云老师一起喝茶的场景时常萦绕心头，虽初次相见，他都懂得禅语似的，猛然来一句，其他的茶是加法，让身体加重，普洱才是减法，就好像坐禅入定一般，能让人心里宁静，仿佛外界的纷纷扰扰都不存在了。这样的感觉才是一种境界，那天下午，边喝茶边闲聊，茶色看着有些淡了，他把茶倒出来，

183

丢进茶壶中，煮个几分钟，倒出的茶茶色氤氲、茶香依然弥漫。"茶是可以煮出来的"，这又让我想起东坡居士的煎茶诗来：

> 仙山灵雨湿行云，洗遍香肌粉未匀。
> 明月来投玉川子，清风吹破武林春。
> 要知玉雪心肠好，不是膏油首面新。
> 戏作小诗君勿笑，从来佳茗似佳人。

说道茶道，当是日本的最有味道了，而茶艺是表演的艺术，至于有多少茶的美学，似乎谈不上的多矣。不过，要拿这个来看男女之道，似也十分相宜，女人喜欢清淡的花茶、生态茶之类的居多，而男人大多不拘一格，什么茶都可以尝试一下，乱中找到一种复杂而又简化的饮茶美学。

如此这般的道理，不说也罢。而于饮茶一道，却在包罗万象中，至简至化，无须太过复杂，由此演化出来的生活大致才能提升到一种哲学的高度了。不过，这总归是奢侈品，对更多的人来说，只需开水把茶泡开即可，哪儿需要那么多的道理可以演绎，实在是我们俗气的连喝茶都不知道怎么喝法为好了，真是惭愧。

2012 年 2 月 18 日

时
节

　　明代茶人许次纾在《茶疏》谈论采茶时节时曾言：
"清明太早，立夏太迟，谷雨前后，其时适中。"既
然采茶有时节的差异，那么在吃茶时，也当有节令分
配吧。但就大多数茶客而言，喝茶也无非是一杯茶而已，
至于时节之需，大约是不能解渴的事。

　　茶所对应的节气，实在是建立在对不同的茶系的
研究之上。比如春天适宜花草，而夏天则宜绿茶，秋
天乌龙茶，冬天为红茶，这所牵涉的是养生的概念。

　　茶与养生的话题，说了不知多少年，不同的人自
然有理论上的差异。但就个体而言，茶的普适性并不
太适合每一个人的，毕竟茶之于个体，亦存在生活环境、
个人体质的差异。不仅如此，即便是普洱茶当中的生普、
熟普，在养生学上，也只是大略如此。

　　养生专家在吃茶时，大致会如此解释：花茶中花

气芳香袭人，有利于散发体内在冬季积聚下来的秽浊之气，令人神清气爽，消除春困。夏天以饮绿茶来应对夏季暑湿的自然气候。乌龙茶介于绿茶和红茶之间，既有绿茶的清香，也有红茶的醇厚，色泽绿润，内质馥郁，温凉适中，有润肺生津、清热除燥的功效。至于冬季，红茶、黑茶是最理想的选择，其中红茶属于全发酵茶，与未发酵的绿茶相比，性质温和，口感甘温，有助于滋养阳气，增热添暖。

茶之性情，则决定了吃茶在季节上的契合。根据发酵程度由低到高，茶有凉性（绿茶、铁观音）、中性（乌龙茶）、温性（红茶、普洱茶）之分。"茶为万病之药，勿忘饮茶健身"。其所强调的是茶的功能性多，但至于是否真的是饮茶健身，也还是有待商榷的。

好茶知时节。这个时节的区分，也有意思。倘若我们胡乱吃一杯茶，跟时节又相反，难免会有伤脾又伤胃的状况发生了。

茶之于生活，全在于这种细枝末节。一杯茶的好坏，也就在这其中了。那么在吃茶时，不妨多留心，就能发现属于自己的"茶经"吧。

2013 年 4 月 28 日

　　民国初期的文化人傅樵村所著《成都通览》载，
一九〇九年成都有茶馆四百五十四家。二十多年后，
成都《新新新闻》报一九三五年一月统计，成都的茶
馆有五百九十九家。到一九四一年原成都市政府编制
的统计表列，成都茶馆为六百一十四家，其会员人数
居全市工商业第五位。截至一九四九年，成都市茶社
业同业公会记载，茶馆数目为五百九十八家。由此可见，
从一九〇九到一九四九的四十年中，成都市茶馆少则
四百多家，多则六百家以上。这大致能反映出成都茶
馆的变化。

　　成都茶馆的火爆，也有数据可供证明。杨忠义、
孙恭《品茗锦江茶文化》统计，一九四九年，成都市
五百九十八家茶馆中有大型茶馆六十家，每天卖茶碗
数，最多的是东大街的华华茶厅以及竞成园、百老

汇、三益公、吟啸楼、枕流、妙高楼等十七家，其中最多的每日达三千碗以上，大约仅这十七家每日就要卖四万两千七百碗；中型茶馆三百七十家，平均每家每天两百碗，共计七万四千碗。小型茶馆一百六十八家，平均每家每天卖八十碗，共卖一万三千四百四十碗。大、中、小型茶馆每天卖一万三千四百万碗，碗数惊人。

车辐曾记载了民国时期的不少喝茶趣味。《成都人吃茶》里说，人民公园有茶馆七家之多，曹葆华、何其芳、萧军等，也为座上之客，葆华几乎是每天都到。李璜在台北传记文学杂志一百九十期《李劼人小传》记载："成都茶馆特别多，友好聚谈其中，辄历三小时不倦。我辈自幼生长其中，习俗移入，故好吃好谈，直到海外留学，此习尚难改革，四川人的摆'龙门阵'，成都人的'冲壳子'与茶馆文化有关。"

演员吴茵多年以后"还想着成都的名茶铺'二泉'，有楼台亭阁的'三益公'茶铺，想到这座古香古色锦官城的休闲味道，尽管是在敌机轰炸下，只要空袭警报一解除，爱吃茶的人仍然坐在茶馆里照吃不误，为了吃茶，仿佛连生死也置之度外了"。

这里说的"二泉"即开在商业场里的二泉茶铺。车辐回忆说，一九三七年冬末，上海影人剧团来成都，白杨、谢添、施超、钱千里、魏鹤龄、吴茵、露茜等，住在总府街智育电影院（今韩包子后部）。这二泉就在隔壁。

谢添、张超等发现二泉，夜不虚度，施超在茶座上大谈其北平故都风光，口讲指划，给人印象很深。每夜二泉收堂时，热情的张师又为他们每人来上一盆热腾腾的烫脚水。他们说，成都太像北平，但成都有的北平却没有，"一盆烫脚水，上床好舒服"。

抗战时，在成都泡茶馆的经历，让外地文化人找到了书写的感觉。如钱穆晚年就坦白："余之在成都，其时间之消费于茶座上者，乃不知其几何矣。"

相对于这些有文化人聚会的茶馆，在历史上留下了一页，而其他茶馆，可能我们只是听说过其故事，因资料的欠缺，更多的内容却无从挖掘。

这样的时光，宛如昙花一现，再也无处寻觅。每每从老成都人听到这样那样的民国茶事，倒也让人感叹不已。

2013 年 5 月 8 日

桃花别赋

　　春天里，朋友约着去赏花，桃花、梨花、油菜花，无非是在春天里畅想一下。冬天的隐喻，好像要一下子过去了。花树下，喝茶，聊天，也别有诗意。但更多的时候，是一群人打起了麻将。在成都这个地方，不打麻将好像很难融入城市生活的。所以，打麻将就是一种交际。

　　早些年，我也喜欢这项运动，是周围的朋友都热衷此道，自己肯定不能落伍。再后来，朋友圈子渐渐地发生了转变，新认识的朋友更愿意坐在一起喝喝茶、聊聊天。这也很好，当然这不是故作风雅。只是在大家都从众的时候，想多一点活法罢了。

　　春天里，去龙泉的桃花故里看桃花，参加诗歌会。一群朋友，坐在桃花下喝喝茶，竹叶青用玻璃杯装上来，少了些许诗意，但有桃花，也足够了。大家说桃花，以及延伸出来的桃花经济。说的是热火朝天，也让人忍不住遐想。

桃花尚未完全开放，枝头上点缀的絮絮叨叨，又有点星星点点的意思。坐在桃花里，多少有些心不在焉。以前，来这里，好像也是这么回事，真正看花的时间少了，倒是有更多的时间玩乐。跟诗人在一起，就是幸福。看看诗人的表情，在桃花的映衬下，就别有了一番意味。

茶是越来越淡了。好像也没有人家专门跑过来赏花，欣赏花之风姿，花之绚烂，大家在意的是这一种意象罢了。当地的朋友说，因为桃花不太赚钱，原来漫山遍野的桃花可能会缩小成一个景点。这让人很不平。但又无可奈何，毕竟花是只能欣赏的，是不能当饭吃的。

在成都的茶馆，差不多喝的都是川茶，竹叶青，抑或是碧潭飘雪，也不管是产自蒙顶山，还是峨眉山，都似乎有那么一种意境。就像是这桃花里，就像是在那诗歌里，大家匆匆地来去，留下的是侧影，是回味。但仔细想来，又不像是有那么多美好——在诗意里，人总是看得见很少。这样说，在喝茶的路上，无非是在欣赏风景罢了。

素黑在《好好爱自己》里说：

> 像我这个外表柔弱，资质一般，际遇平平，情感丰富，能力有限的女子，一样可以活得心安理得，坚强，平安，能分享爱。我，并不是奇迹，我只是尊重生命，尊重自己

作为一个女人的生命，谦虚做好一个人而已，无暇浪费光阴，白走一趟。

茶之于生活，大概也有如此这般的感慨。在桃花下，要过的也是一种精彩。

2013 年 5 月 9 日

神农架的茶

　　湖北之神农架，神秘，原始，生态，在那样的环境里，总有令人神往的地方。朋友古清生写美食，写旅行，几年前，在神农架搞了一块土地，做起了茶农，每天在茶园里耕作，其所实现的是一种身体力行的生活方式。这不仅让人想起 20 世纪初期，知识分子所进行的乡村教育。古清生在某种程度上，也可以说是继往开来之举吧。

　　每天早上，古清生都在微博上报告一下当地的情况，比如 6 月 25 日记：

　　　　早晨。雨。自然醒。森林一洗，山头笼着乳雾。只有河的水声、鸟声，树叶上的滴水声。偶有一辆乡村皮卡驶过。近前，宋会计买的新车。拍鸟，拍清楚了六种。想到将来出版一本《红举村鸟谱》。

要说茶园，大抵是以人工栽种为主。他说，这茶叶是遵循宋朝时代的茶叶种法，茶叶培育过程中没有施用任何化肥、农药，后期制作没有任何添加。追求自然天香，清纯雅韵，悠绵久长，古清生清茶能达九泡之多。

且看茶园的状况，是以片状分布在木鱼镇官门山峡谷和红坪镇红举村的举人坪之上，茶坡平均在海拔1200米以上，四周森林环绕，云雾飘逸，山泉流淌，鸟语花香，有飞禽与走兽往来，人迹极其罕至。施以森林腐殖土、短嘴金丝燕、梅花鹿和山羊粪肥，令茶叶滋味悠香绵长。在美丽的自然科谱景区官门山峡谷的古清生茶园，移植有4000株蕙兰，春茶季蕙兰花开，满园茶香与兰香，幽境迷人。

在这样的环境里生长的茶，会是怎样的茶，说来，真是有些好奇。有几次跟朋友聊天，说去神农架看看古清生，做一回采茶人。那情景想来，也是一种有意味的事吧。可至今未曾去看过，倒是喝上了古清生茶。

茶是清茶。不过，要说1200米以上的茶，也算是高山茶，似乎说不过去。或者说高山在3000米以上才算是高山一般。但这茶的清，是去除了生活之杂质，将茶还原为茶的状态吧。我在读周重林的《茶与酒，两生花》时，不禁想起了茶与花与酒的微妙关系，说来这事在典籍中可能轻易寻见。

还是说回到古清生茶，这是以半机械半手工制成的茶，因未添加添加剂之类的玩意儿，茶可真是清淡，感觉不到平时所饮的茶味。

那一种清，可真是清，比白开水更为丰富一些，让人有一种天然之感。一试之下，还真有些担心，这清茶是不是能受到爱热闹的茶人的欢迎？说实话，对茶的理解，可能更多的是讲究其中的玄妙。伾茶之为茶，正在于它的本色。

这犹如茶席之讲究，在于其所营造出的饮茶氛围。但神农架的茶是否真的是像古清生这样，做得清、纯，也还是一个疑问。不过，这倒真让人心静，可遐想茶之种种故事，在喝惯了林林总总的绿茶之外，还能保存着这一种方式，真是让人讶异于味觉上的美好未曾消失。是的，当茶把味觉变得模糊的同时，我们就忽略掉了茶的本质。

周重林说，从茶出发，进入到形态与气味描述，与人发生关系后，开始了饮茶前奏——拆碾、筛选、铫煎、碗转，看到茶叶慢慢舒展成色，像一朵小花开放。晨前夜后，明月朝霞，有茶为伴，实为幸事。但在古清生茶里，却能让心境静下来，舒缓的气息里能让想象力得以张扬，这是难得的体验。

有一回，拿出这茶跟朋友分享，"这也是茶吗？"答案当然是茶。这才让我意识到在茶的世界里，原来也是气象万千，只是我们喝茶局限于某一种过程，就忽略掉了茶之气质，而沉浸在茶味里的茶客，也算不上是好茶客吧。

2013 年 7 月 1 日

一期一茶会

　　夏天的热有点闷，待在家里也是有大汗淋漓之感，出门也还是遭罪。但想着能有好茶喝，也就有"舍得一身剐，敢把皇帝拉下马"的气概。前几天，朱小黑约着去成都会馆的兰园喝茶，在手机上看了下照片，里面的环境还真不错。记得以前去过几次，印象寥寥。可能是对高档会所里喝茶觉得奢侈了些之故吧。

　　坐公交车出门，经茶店子公交车，想着再一路坐车晃过去，假如天气好，也是难得的逍遥自在。可温度超过三十摄氏度，坐公交车就不大美好。地铁二号线抵达天府广场，再转一号线，文殊院站下车。走过去，顺便逛一逛古董市场，但那市场实在是没多少可逛的人，人少，就直接去会馆。

　　这会馆现在分了不同的院落，大概一家一个主题，各自做着有兴趣的事，因为密度太大，总觉得空间的疏落感不是太强。走进院落，也还有一些意思——是墙壁上的字画有点意味，那茶具似乎也透露出了娴雅的信息。径直走进去，三三两两的人闲坐，喝茶，闲聊。这场景不像茶馆那般的喧闹，却又有一份自在。

喝茶的人还没有到。那就先随意地泡上一杯绿茶。有道是喝茶也是一种修行，可惜更多的时候，我们学不会那一种境界，只好胡乱地坐在茶馆里，以为就能享受到老成都的生活。但那是遥远的记忆，衬托得当下有些异样。

在一张阔大的桌子上摆着些许茶具。而泡茶的盖碗茶，是景德镇产的几样小品，手绘上的山水，有点诗意，让人想象着些许的故事。但一个人枯坐着，实在是有些无趣，困意不免爬上来，就拿出相机，拍下几张照片，发到微博和微信上。

差不多到三四点钟的光景，搞艺术的小马来了，做出版的大象来了。吴鸿兄忙完了女儿高考的事，也来到了现场。绿茶换作普洱茶，那是大象带来的古树茶。说起来，普洱茶今年很红火，到处都有人在喝，但能喝出几许境界的人也真难得。更多的茶客更像是附庸风雅，喝喝茶，只为了那一种好玩罢了。

茶是熟茶。曾有朋友建议说，普洱茶有减肥之功效，在我不过是喝着玩玩，哪里想得那么遥远。再者，这喝茶太正襟危坐是缺失了喝茶的乐趣，而这随意不正是喝茶的兴趣所在？朋友曾送了一饼茶，断断续续地喝，喝了差不多大半年，也没喝完，还是丢在那里，想起了就泡一杯喝。如此的喝茶方式，倒是取消了喝茶的定式。

几个人喝茶聊天，说起天南海北的事。更多的时候我像一个倾听者，各种故事不妨都穿插在一起，构成一个奇异的世界。这也是喝茶的妙处。大声说话，小声交谈，似乎都是相宜的。茶是泡了再泡，几多故事就成了董桥所说的"春水如蓝"。这倒是让人想起山水里的诗意。现代人虽然有很多的时间花在路上，却也未必领略到山水的好，行行走走，倒也似乎是为了相遇某一个场景了。

一期一茶会。茶是不拘于行色，倒是在茶的世界里，或浓或淡的影像让人印象深刻。泛滥的诗意倒是点燃了诗情。可如今的茶会，能这样的也不多见了。这可能是我们远离了诗歌的生活，也有可能是我们距离文艺的遥远所致。在红尘中奔忙，能在茶中看出大千世界，似乎也需要一份智慧。这样想着，在茶里倘若看见了佛光，那就更奇妙了吧。不过，这多半只是一种想象，距离茶之欢愉，也还有几分距离。

2013 年 6 月 26 日

得闲饮茶

阴雨连绵的天气，懒得出门，即便是久不去旧书市场淘书，也觉得生活趣味多多。早几年，若是一两周不去书市，就觉得心里不安，生怕错过了什么。朋友说，这是病，得治。

成都的天气总是这样，超过了预期，你以为应该是晴天，却阴晴不定，所以人容易变得抑郁。一旦适应了这种风格，也就变得无所谓。天气固然不能由人决定，心情却完全由自己把握嘛。

手头的事不太多，索性就任性一回，一个人泡茶喝，且不管所谓的《七碗茶歌》，随意地喝茶。茶是朋友送的红茶。平时很少喝红茶，原因自然是红茶过于清淡，几无猛烈的感觉。偶尔换换口味，也许可以让心情变得更轻松一些。

茶杯，小巧，又有些拙感，让人喜爱。这是去年参加 3+2 读书荟活动时送的茶杯，是由专人烧制的，我喜欢。

泡好茶之后，有朋友打电话过来，约着出去喝茶。想想，还是说等一下再出来好了。实在是不想浪费刚泡好的茶，以及那愉悦的心情。

继续喝茶，随意地翻着一册书，也就有了诗意——这是一种生活感觉，与工作无关，倒与情趣相关了。茶喝了几杯之后，就渐渐地淡了。

出门，天气依然一副老样子。跑到一间位于城南的茶馆。很吵闹的地方，有打麻将、斗地主的茶客，或高谈阔论的人，好像是在自家客厅一般，无拘无束。这样的氛围，聊天也难进行。

好在有茶，可以替代。慢悠悠地喝茶，各种声音此起彼伏，不绝于耳。然后各自利用手机上网，刷微博或者微信，偶尔交流一句。

要是在家里喝茶，当然不会遭遇这样的状况。有时，去茶馆，受不了这样的吵闹氛围。清静一点，似乎不是成都茶馆的风格。

坐到四五点钟，两个人各自散去。

回到家，意犹未尽。就烧水，找出熟普，泡上茶，继续喝茶。有朋友说喝茶是减法，我倒觉得无所谓。不管如何，心情愉悦就好。

当然，探讨茶里的境界，是需仔细品味，才能悟得人生的一二。这如同旅行，未知的、惊险的，都有可能相遇，唯有以好的心态面对，才避免误入歧路。茶界大师也是如此修炼的结果吧。

平时乱喝茶，却缺乏思考，以至于思维就变得有些迟钝。

茶唤起的是记忆，是对生活温暖的注脚。大概由此可获取更多的精神吧。

一路猜想下来。家人也各自从外面回归。

茶淡了，夜来了。

生活的常态大致如此。不管我们如何看待，我想，它都是自己的样子，只是我们看其的方式或视角不同罢了。

如此，茶给予人的，也是一种安然的哲学。

2013 年 6 月 18 日

雪山之菊

诗人蒋蓝约几个朋友到他家里去，中午设的是家宴。我带去了《如此书房》和《闲言碎语》，里面均写到了他。这样的聚会，轻松自在，又无小馆子里的喧闹。我去的不是很早，来的有郭文友，他是研究郁达夫的专家。前段时间，我在玉林小区逛旧书店，买了册他编的《千秋饮恨》，一千多页，资料详实。另一位女士是唐劳绮，她的祖上是晚清四川提督唐友耕。关于那段历史，蒋蓝写有《一个晚清提督的踪迹史》。

尚未到午饭时间，几个人就坐在客厅里闲话，翻翻书，蒋蓝泡了一壶雪菊。茶汤呈红色，壶小，雪菊也是小，泡茶的过程时常会堵上那么一下。"这茶适合酒后喝，能醒酒。"看来，中午少不了得喝一下白酒了。

雪菊是产自新疆和田的菊花，生活在三千米的高处，它经过好几道的工序加工，做成茶。其味清香入肺，令人精神振奋。于是，经常将这种风干的小黄花当茶泡水而喝，一段时间下来，发现家人的一些长期身体不适竟奇迹般好转……于是，这种神奇的小黄花被当地人称作"古丽恰尔"（维吾尔语，意即花茶）。这也许是传奇之一，但更让人感兴趣的是作为高山之野菊，生长态势或许是凌弱的，饱经风霜，才有了这般的神奇吧。

这雪菊因其金色的花朵经沸水冲泡后，汤汁自然呈现出犹如琥珀一般的绛红色，淡稠适中、红润剔透，近似血液，也被称为"昆仑血菊"，似乎带有体温的感触，让人欣慰。

慢慢地喝茶，似乎能体验到它所在的自然生态。这雪菊据考证，大概是在 2006 年才发现的，却因其生长的环境的不同，也惹人喜爱，何况它具有多重功能，也能起到保健的作用，但因其产量少，也就更为难得，但其价格却是居高不下，顶级的达到上万元一斤，而最普通的就便宜得多了。不过，随着市场的扩大，也许这雪菊会有人工栽种，那是否失去了它的本色呢，似乎还是一个未知数。

几个人边喝茶边听蒋蓝讲述大大小小的故事。听来有味，就像雪菊所呈现出的茶色，让人惊艳之余，不免怀想，在茶的世界里，它或许是最小的门类，却同样见证茶的丰富。第一次喝雪菊，能感受到它跟普洱茶的些许差异。

茶之于生活，正是在于它的内容多样性，能因人因环境的差异喝出不同的趣味。喝过几巡茶之后，菜就一一端上桌来，自然是喝酒聊天，我跟蒋蓝喝的不少，偶有闲话，也都成了下酒菜。

等到吃完饭，忘记了喝茶，蒋蓝签名送了最近出的几种书，他也有几分醉意。美好的周末总是过得这般匆匆，坐公交车归家时，一不小心就坐过了站，只好慢慢地走将回去，好像那雪菊已中和了酒精，让下午的辰光泛出几许亮色。

后来，我跟新疆作家毕亮聊起雪菊，似乎印象不太深刻。对于茶的态度，我猜正是因其内容的丰富，才惹人喜爱，至于由此延伸出的茶之意义，就更耐人寻味了吧。

2013 年 6 月 27 日

　　昨天，跟诗人焦虎三一起吃饭，他说，成都开通
了地铁，生活节奏也要加快了，大家不停地赶。当然，
有了地铁，出行的便捷是毋庸置疑的，但因为这个，
我们可能是成都慢生活最后的人了。

　　这话说得有点伤感。还能像从前那样，无所事事
地逛街、漫步，欣赏城市风景吗？似乎不能够了。大
家都在往钱奔走的时候，你一个人做这样的姿态，可
就显得另类、孤独了。这样想着，不免有一丝落寞。

　　好在，城市的变化再快，街道变得再宽，那都是
外在的东西。有一天，我坐车从二环路高架桥上走，
二十分钟的样子，就到家了。那是因为没堵车的缘故，
还是交通的便利？在修二环高架桥时，那时候，大家
抱怨真不少，这，好在都成了过去式。外在东西，即
便是再浮华、再绚烂，那是无法改变一个人的内心的。

在大多数人向前奔走的时候，不妨闲庭信步，不妨按自己的活法活去。这似乎是很简单的事情，就身份确定嘛。可是，在潜意识里，却还是有着某一种焦虑。

这样想着，刚刚下过雨的天，又放晴了。夏天的雨，原本是说变就变的。那么，泡一杯茶，自己喝去，难道非得有人欣赏，才是风景吗？

似乎是那么一回事。最近，在看克劳士·提勒多曼的《作家们的威尼斯》，是文人墨客对威尼斯的观感，那也是它魅力的体现：多半的人在碰触这个谜时，都像亲近女人一般惊艳、赞美、恋慕。就像是说高贵，我说过文字的高贵，有位朋友干脆说种地、劳作，都是高贵的，岂知所谈论的不是一回事，自然就错乱了。

理解、沟通，似乎都是很简单的事，但细究起来，却复杂得多，是我们的生活变得越来越快所导致的吗？不太敢确定。可我也知道，即便是坐下来，喝一杯茶，姿态不一，心境也会有变化的。

夏天的热，即便是待在家里无所事事，也会禁不住汗冒出来，可厌的夏天，对一个胖子来说。有茶，或许，能缓解一些这样的压力。

2013 年 7 月 8 日

寒
红
记

　　春天里，懒洋洋的气氛。傍晚，泡一杯茶。寒红，
不是歌星韩红，一种高山上的寒茶做成的红茶。茶色
一如春天，和煦、温柔。

　　一杯下肚，有几分自在。不同的茶人，喝茶讲究
不同的理念，这固然有几分道理，我所崇尚的是自在、
随意，而所谓的禅茶一味也大抵如此，只是我们给它
附加了更多的内涵，茶就庄重成了文化。

　　这寒红是新打造的茶。其居群山之巅，远离污染
源，时髦的话说是吸收天地之精华。这精华如今便也
成了稀缺资源。如同山野，所谓开发不过是破坏山川
自然的风貌吧。寒红讲究的是天然、生态，来自于自然。
这也是喝茶的本意，试想，当我们面对林林总总的茶时，
所应做的只是喝茶而已，一旦附加上诸如仪式、规则，
可能就破坏了喝茶之美。

春暖花开之际，不妨饮一杯寒红，以降浮躁气，却也恰当。有时饮茶，不必在于茶楼，也不必一群人共同分享，两三个人足矣。

这是因人少，可得茶之真味。若是喧闹，可能是再好的茶，也会变得俗气。说到底，饮茶之风雅正在于回归茶之本身，而不是花里胡哨，破坏了茶的意境。由此观之，我们平时所谓的饮茶不过是大口喝水而已，与茶味无关。

在我们的生活之中，一些事有时一想，也未必是那么的含义丰富，只是如今的浮躁气弥漫在日常生活里，连懂得都不是一件容易的事。这倒让我想起两个人聊天，却各说各的话，没有交集也没有共同的感觉，最终也是不欢而散。饮茶，大抵也是这样的感觉。饮寒红却需一份宁静的心态，从万千世界里看出某些情味。

这就够了。有时我们不一定非要如何如何才能谈得上幸福理论，实在是可以从这生活的细节里体味到生命的质量。

2015 年 3 月 31 日

一去二三里，"茶馆"四五家。"楼台"六七座，八九十枝花。

成都茶馆冠天下，这是民国即有的定论。茶馆数量多，得益于茶客的众多。尽管如此，成都与茶相关的书并不是特别多，至于学术研究则更少了。王笛的《茶馆：成都的公共生活和微观世界，1900—1950》可谓是集大成者，在目前依然是首屈一指的研究之作。

按道理说，成都人的饮食文化历史悠久，与茶相关的文章众多，茶诗、茶联、茶文都非常多，但从技术、社会学等角度对茶馆进行研究的并不是特别多，窃以为有构建以成都为基础的茶馆学之必要。

钟思远在谈到茶馆时说，茶铺是成都人生活的重要组成部分，是具有成都特色的一道突出景观，因而也是观察成都文化的重要节点。茶馆学所涉及的不仅仅是人，还有茶馆所赖以存在的种种器物如盖碗茶、竹椅子等等，都是必不可少的硬件。

关于茶馆名称，王笛认为，在成都，人们一般不称茶馆而叫"茶铺""茶园""茶厅""茶楼""茶亭"或"茶房"，而"茶铺"为最通常的叫法。茶馆取名都力图高雅而自然，诸如"访春""悠闲""芙蓉"等。

此外，茶馆的择址须考虑到商业、自然或文化氛围。街边路旁引人注目是理想之地，河岸桥头风景悦目亦是绝妙选择，商业娱乐中心颇受青睐，至于庙会、市场更是茶馆最佳地点。在成都，街边茶馆多利用公共空间，临街一面无门、无窗亦无墙，早上茶馆开门，卸下一块块铺板，其桌椅便被移到街檐上。茶客们便借此观看街景。行人往来以及街头发生的任何小事，都可以给他们增添许多乐趣和讨论的话题。

在茶馆里还有许多行话。陈茂昭在《成都的茶馆》里说，成都茶馆有许多"约定成俗"的、别致有趣的行业语言，如茶叶叫作"叶子"，把茶叶放进茶碗叫作"抓"，每碗茶叶多的叫"饱"，少的叫作"啬"。本来是饮茶或喝茶却叫作"吃茶"；把开水第一次冲进有茶叶的茶碗叫作"发叶子"或"泡茶"；开水温度不够，茶叶不沉底，一部分浮在水面上叫作"发不起"，讽为"浮舟叶子"；开水放置稍久，温度已降低，叫作"疲"，或说"水疲了"；第二次向茶碗内冲进开水，叫作"掺"或"中"；不要茶叶，只喝白开水叫"免底"，或叫"玻璃"；顾客少的时候，叫"吊堂"，顾客多的时候叫"打涌堂"；抹桌布叫"随手"，最早还叫"探水"……

成都人平时所喝的茶也有讲究：茶叶的种类很多，成都茶馆卖的茶，是以花茶中的茉莉花茶为主，其他珠兰花、栀子花和玉兰花茶等，则常备而未用或很少用。茉莉花产在外东的东山一带，茶叶则是邛崃、大邑、彭山等地所产。窨制花茶本是茶叶店的工作，多数茶馆无力窨制，都是买来的。但有个别资力充足的茶馆，还是自己窨制，它既可以降低成本，又可按其特殊要求而窨制出高出别家的茶叶。

另外，茶馆还卖有芽茶、春茶、西路茶等。至于价格昂贵的龙井、蔷薇，只有极少数的大、中型茶馆才备有这些品种。春茶是云南的沱茶，西路是灌县青城山产的茶。大体上是冬天搭卖春茶，夏天搭卖西路，花茶则是四季行销，至于芽茶，同样是用茉莉花窨制，只是选材高，全用茶叶的细芽。茉莉花也不是用整朵整朵的，而是撕成一片一片，这才分外清香可口，沁人心脾。

此外，茶馆的功能也是丰富多彩，据介绍有一二十种之多。早些年，成都人还分行业在不同的茶馆里聚会：

棉织业：上东大街沁园、留芳，下东大街闲居。

丝绸缎业：上东大街留芳，城守东大街掬春楼，春熙南段清和茶楼。

丝（工）业：下北打金街香荃居。

帽业：华兴街复一茶社、可休茶楼。

布鞋业：忠烈东街妙高楼，昌福馆内宜园。

皮鞋业：提督东街魏家祠茶社。

皮革业：提督东街魏家祠茶社。

国药业：椒子街天合茶园，天福街寻津茶社，义学巷茶社，昌福馆内宜园。

新药业：安乐寺茶社。

酱园业：安乐寺茶社。

干菜杂货业：东门外亚东茶社，北门大安茶社、杨清和茶社。

木材业：悦来商场内品香，北门外玉河岛。

柴业：水津街问津处。

砖瓦石灰业：悦来商场内品香，东门外迎宾茶社。

陶瓷业：交通路交通茶社、龙翔茶园。

图书文具业：安乐寺茶社。

印刷业：安乐寺对门新商场茶社，春熙东段十二楼茶社，大科甲巷观澜阁。

纸业：伴仙街茶社。

茶叶业：提督东街三义庙茶社，沟头巷中心茶社，城守东大街华华茶厅。

汽车业：交通路交通茶社，忠烈祠东街妙高楼。

液体燃料业：春熙北段三益公茶社。

肥料业：华兴正街复一茶社。

估衣旧货业：鼓楼北一、北二街各茶社。

田地房产实业：提督东街三义庙茶馆。

餐饮业：店铺多且分散，常常是若干家会员集合在企业比较适中的茶馆。

今天的茶馆当然少有这样细致的分类，其功能的演变也还是顺应成都人的喝茶习俗的。随着新时代的来临，成都人的饮茶习惯也在逐步发生变化，由此或许我们可以进一步推断出茶馆学的可持续发展问题。

2015 年 2 月 15 日

卷伍 茶地

华华茶厅

1949 年之前，成都茶馆众多。但在"文革"中——作为资产阶级的产物被取消。不过，茶馆生活的断层，并没有让成都人对茶馆生活失去记忆。

陈茂昭的《成都的茶馆》记载，以春熙路为中心，北有正娱、紫萝蓝、新仙林、新蓉（桃园政的）、白玫瑰、品香、吉安、二泉、宜园、双龙池、三益公、漱泉、益园等十三家；南有春熙第一楼、益暂、清和、都益（歇业后，其隔壁才从庆云街迁来饮涛）等四家，共有十七家。少城公园（今人民公园）里有枕流、鹤鸣、绿荫阁、永聚、文化、射德会等六家。商业繁盛的东大街，从东到西，下东大街到有关东、闲居、王自清；中东大街有槐园、三桃园、东篱；上东大街有沁园、刘家祠、多福尔、留芬（一般呼为包馆驿）；城守东大街有华华、掬春楼；西东大街有会友轩，共十三家。湖广馆街、棉花街、书院南街有茶馆七家。鼓楼南街、鼓楼洞街、鼓楼北一、鼓楼北二、鼓楼北三五条街共有茶馆七家；每条街平均有一家半。至于不热闹的街道如马镇街、小关庙、东通顺街三条街只有茶馆三家；往下，暑袜北三街、冻青树街、拐枣树街三条街有茶馆两家。

作家马识途写的《三战华园》就是革命党人与特务以东大街华华茶厅及其附近几家茶馆为阵地展开斗争。

华华茶厅是什么样的茶铺？

抗战时期，华华茶厅是全成都乃至全四川最大的茶馆，设在离春熙路不远的城守东大街，辟有三厅四院，一千多个茶座，单是职工就有六十多人，可见其规模之大。

据记载，茶厅老板名叫廖文长，是成都商会茶业同业公会理事长。他看到抗日战争使很多"下江人"拥入大后方，内中有很多商人，便开了这么一座"新式"茶馆。所谓"新式"，是用电灯代替了煤气灯，电风扇代替了蒲扇，茶厅内安有留声机，咿咿呀呀地播放着百代唱片公司录制的戏剧和歌曲。跑堂的堂倌也不穿围腰，不戴瓜皮小帽了，而是一律的白帽子和白衣白裤，穿得笔挺，满身"洋"气，很有点上海滩和江浙一带的"文明"色彩。由于廖文长是成都商会的头面人物，所以到这里饮茶的人大多是工商界人士，他们在这里互通信息，洽谈业务，了解行情，捕捉商机，好些大生意都是在这里做成的，所以一天到晚人流如潮，一千多个茶座座无虚席。

廖文长，同时也是上中东大街的华华茶铺掌柜。此人是成都茶行里的一号人物，他以一己之力，独撑两家门户。把春熙路和上中东大街都给搅和沸腾起来，那时候但凡是爱喝茶的老成都人，没有不知道廖文长的。

前些天，在送仙桥的茶铺喝茶，遇见江潮老先生，他说起华华茶厅，都觉得那是成都喝茶的最好时光，茶铺里服务项目多，在那里坐一天都成。且在茶铺里遇见的人，三六九等，因此故事也比较多。有些乡坝头的人到成都来耍，一定得到华华茶厅逛一逛。毕竟好多地方的茶铺还没有这样的场面。

这华华茶厅，随着抗战胜利，内战掀起，在动荡的岁月中，也就逐渐失去了魅力。如今让老一辈成都人回想起来，都不免感叹那段好时光。

2015 年 2 月 16 日

老顺兴茶馆

在成都，老顺兴茶馆的知名度颇高，它在沙湾路的老会展中心的楼上，环境幽雅，唯觉得有点闷（空气不太流通之故），不仅可以喝茶也可以就餐。有文字介绍说，此家茶馆面积三千余平方米，是参照成都历代著名茶馆、茶楼风范，聘请资深茶文化专家、古建筑专家和著名民间艺人，精心策划营造的一座集明清建筑、壁雕、窗饰、木刻、家具、茶具、服饰和茶艺于一体的艺术巨构，及天府茶人传承巴蜀茶文化的经典杰作，一座中国首创的极具东方民族特色的茶文化历史博物馆。流沙河老先生曾为茶馆写了个《四川老茶馆赋》，一时名声很大。我去老顺兴茶馆的次数算不上多，且大多与就餐有关，印象中有两次。

一次是台湾秀威出版的宋政坤先生来成都出差，晚上安排在这里就餐。当时我在秀威连续出版了《写在书边上》和《舌尖风流》等几册书，因之多少有些联系。自然来成都也有机会见面的了。那天他们一行两三个人是参观三星堆后回来在此就餐的。点的菜以成都小吃为主，清淡，有一两个菜即是肺片或耳片之类的吧。有一位吃了说拌菜里放有味精，就说不够地道，岂知川菜馆子不放味精，似乎是少数。

茶馆里吃饭人多，也很热闹。八点钟，就移过去坐在堂子里看川剧表演，无非是变脸、吐火之类，以助茶兴。一群人随意喝点茶，等节目演出一结束，就各自散去。至于茶馆印象，倒也觉得一般。这让我想起城南的皇城老妈的茶馆来，似比这里更有喝茶的感觉一些。

再一次是搜狐自媒体吃货联盟的成立大会在这里举行。那天是中午时间，先是召开成立大会，老朋友九吃当选为吃货联盟会长，因之有这个聚会。关于吃货联盟是搜狐自媒体的一块内容，刚开始很热闹，后来，就日趋冷淡。

无疑，成都是个吃货众多的城市之一，但不少人的文章停留在试吃状态，文字颇有文宣味道。看多了不免觉得大多是资讯而已。那天，几个朋友坐在一起喝茶聊天。我的朋友、小说家江树当时担任《四川烹饪·食客》主编，他也来了现场。活动一结束，就是午饭招待。因是中午的聚会，感觉比较好一些。茶是随意上来的茶，喝得不多，等吃完饭，就各自散去。

你看，在这种场所，喝茶似乎只是名义上的事。而实际上是与喝茶无关。老顺兴茶馆虽著名，到底商务的形式多一点，平时绝少有本地人专门跑过来喝茶的吧。

　　此外，在城南的新会展中心，也有一家老顺兴茶馆，其风格与老会展中心的相似，因不是一个相对封闭的空间，也就显得通透一些。

　　去这家吃茶的次数就更少了，一是这里离家远，来去都不方便，二是朋友聚会很少跑到这个地方来。倒是有外地朋友来成都玩，喝茶吃饭都在城里进行的案例。不过，这也只是以我之喝茶经验来观察。对商务交流来说，又或者是必不可少的地方。不过，成都的高档茶楼、水吧不在少数，单独过来喝茶的人士应该也不是特别多，除非是专门体验而来的。

2015 年 2 月 17 日

泡桐树街的下午茶

除了夏天，成都的季节几乎都是适宜露天喝茶的。坐在河边上，或坐在树荫下，都好。要是有一点阳光，那就更完美了。人民公园被一群老年人占领了以后，就转移到了宽巷子。可这好景也不太长，直到坐在路边上的桌子边，就人来人往，而且不停地有人对着你拍照。转移到小通巷，其实，我倒是很少光顾那里，我猜，这多半是因为小资的缘故。

作为大叔级别的人物，混迹在小通巷里，跟男男女女喝茶，聊天，都觉得不大靠谱，倒是有好些个下午，跟皮爷躲在泡桐树街，泡一个下午，喝茶或聊天，或无所事事的样子，就那样，已超越了许多风景。

袁庭栋曾写过一本《成都街巷志》，我没去查证泡桐树的故事。这条街在清代为满城的仁里胡同。因街中有大泡桐树，才有了这个名字，这已是民国初年的事情了。现在这里，当然找不见那一棵泡桐树了。

泡桐树街很短，短到几乎站在这一头可以望见另一头，店铺也有一些，但最近几年被咖啡馆、私家菜占领了。也有点小资的气象。在街的一头，有家书店叫象形书坊，资深书人老宋经营着，夜里两三点钟还有人在，不过不是买书，而是跟老宋闲聊。印象中，我只去过一次，书店就搬走了。

咖啡馆也好，私家菜也罢。对我来说，都没多少可以向往的地方。至于情调，那就得看看店里的环境是否相宜，让人轻松，有点休闲的意思。我们常去的一家叫见道咖啡，下午茶，也可以就餐。我们去喝茶，基本上都是选在下午，紧张的一天，已过了大半，在茶馆里坐一下，那可真是好，让思维慢下来，或者闲闲地聊几句天。

这样，似乎是成都人喝茶的状态。在剑道咖啡，我们做了好几场读书会，参加读书会的人少，没关系，大家聊得来，谈的话题也多。茶也淡了，话题也已聊个七七八八，就各自撤了。平时，我们就坐店门口的一张桌子，几个人聊天，打望。这个街上的人不是很多，车也有几辆走来走去，好像是专门装饰着街景。

皮爷常常去的比我早，等我赶到，茶已经泡起。一般，我会提前从家里出门，坐62路公交车到长顺中街下车，去商业街口上的求知书社打一头，看看有什么新书，书店又有怎样的变化，虽然说，这家书店不算是成都书业的晴雨表，但至少看着它能正常地运营，都觉得有几分欣慰。看书，也会买几册走，等看完书店，再步行穿过泡桐树小学，到见道咖啡。这一个过程，就好像是一种巡行。

有一回，在见道咖啡搞小型读书会，诗人龙双丰来了，作家马小兵也来了。几个人先是聊书，随后就喝起了小酒。时间不过是三点钟的样子。马小兵专门买了卤菜来，几个人喝酒，闲话。在喝酒的间隙，总让人想出某一种美好。这样的聚会真是偶尔的打破，有点诗意，有点沉醉。在春天里，好像只有狂乱才能形容的。所以，大家在喝茶或喝酒的时候，都不太拘泥于某一种形式，所谓春花烂漫，也正是这个意思。

下午的时光是易逝的。每次喝茶结束，走在回家的路上都不免沉思，到底这喝茶的意义在哪里？是对过去的回顾，还是对未来的拓展，抑或是仅仅因为有段时光的美好，需要跟人分享。但不管是哪一种，也不外乎是对生活方式的一种阐释罢了。

2013 年 4 月 15 日

在李劼人故居喝茶

　　很少去李劼人故居——也就是菱窠逛逛，因为家里距离这实在是太远了些，从西北到东南，穿城而过。花在车上的时间远远比喝茶的时间要长，就觉得没多大意思。至今也就去过两次吧。

　　第一次去差不多有五六年了吧，一个人去，故居还收门票，两块钱一张。那次进去只是大致地看了看，里面可以喝茶，有小雅菜馆——跟当年可就不太一样。有一群人喝茶、打麻将，很热闹。再次去，是在去年，陪深圳作家梁由之去的。从东大街打车到川师北大门，然后沿着劼人路行走，倘若不是路边有提示牌，还真错过了故居。记得第一次去，是小路，坑坑洼洼，好不容易找到。这次来，才发现故居在装修，闭馆了。

　　梁由之事先跟李劼人故居博物馆副馆长郭志强联系过，他在故居里等着，才得以轻松地入内，早已不是当年的风光。

先去喝茶，聊天。茶是绿茶。因是闭馆时间，桌椅都被收拾了起来，就随便捡两三把椅子，一张桌子。天气还有些热，郭馆长就开了电风扇，风扇是吊在房间的正当中的，风从上面吹下来，也有些凉爽。

院子里的树木有些已枯萎了。据说是前段时间下雨，水流不畅，淹死了。郭馆长说起这些，说真是可惜，五六十棵树说没有就没有了。找上级反映，也没有得到很好的处理，所以，他们就用抽水机抽取地下水，这还是没能挽救那些树木。

展览馆里，已搬了一空。记得上次来看，也没看到多少风景。又去喝茶，聊天。说起现在的故居状况，也不容乐观。外面的池塘没了，改为新的建筑，看上去更商业化一些。听说，小雅菜馆也要搬出故居，当是安置在新建筑里了。

石鸣是喝茶讲究诗意的人。他曾带着美女到李劼人故居来喝茶，我亦学不来这种风雅，只能向往：

菱窠在川师大附近的一个角落里，安静，平实，寥落，像厚厚一大本书里的一句精彩的话，如果不去专门找它，它是怎么也不会兀然跳出成为新闻导语的。我去菱窠，是因为对李劼人先生的敬仰，是因为菱窠在成都的被忽视，就像李劼人先生在中国官方现代文学史里的被忽视。其实，菱窠是一块好地方，这在我第一次去时就感受到了。所以想到听琴，想到要找一个安静又有文气的地方，脑子里第一个冒出来的，就是菱窠。

彼时通往菱窠的小路尚曲折，我领了众人走进去，在大门右边的水榭坐下，沏上铁观音，一杯润喉、两杯清肺、三杯静心后，郑晓韵将琴取了出来。

阳光透过树荫洒在水面上，斑驳的光影引来鱼儿追逐。池中莞草葳蕤，浮萍涟漪，颇有雅逸幽淼之感，于是先弹《平沙落雁》。此曲乃蜀中名曲，《天闻阁琴谱》解之为"借鸿鹄之远志，写逸士之心胸"，琴声开阔高远，正合秋高气爽之韵。念先与友皆击节称好，说这曲子像笔墨，将这好时光都画出来了，且画的是淡墨一脉。晓韵倒淡然，呵呵呵笑着，说，是不是真的要得哦？众人皆说，怎么要不得？来，喝茶。饮茶毕，再弹《梅花三弄》，再弹《阳关三叠》，再弹《酒狂》。大家兴致都高，沉在茶香与古琴里，仿佛这静雅与惬意就是世界本该的样子——咦？其实这静雅与惬意就是世界本该的样子呀，我们身处异化之境久了，竟把这平常的东西当作了异常。

从李劼人故居出来，看着外面正在建筑的房舍，真觉得有点可惜，说是恢复故居的原貌，其实是增加新的建筑，多一些看点吧。这当然都是跟李劼人无关了。

2013 年 4 月 25 日

燕露春的茶

　　成都的茶店多，锦里西路上的燕露春就是不错的选择。记得当时见到了堂主唐丽娟。燕露春面积不是特别大，且以卖茶叶、茶具为主，喝茶只有少数朋友才能享受的待遇。这些朋友大多是属于成都文化圈的，如诗人、作家、画家、书法家等等，就像四川文化圈的客厅一般，热闹，却不俗气。后来我看到她写的博客：

　　一日，店内来一川西高原汉子。他一进门便大声吆喝"倒杯水"，全然没有常人的礼数。见他粗鲁，心生不快，心想："土包子，没看看这是啥地方？"我一直把自己的茶店定位成"雅舍"，可谓"谈笑有鸿儒，往来无白丁"，怎容得这等粗俗之徒，但我还是没有把不愉快写到脸上去。店里小冷出于职业习惯，很快端水给他。此人落座后也不看别人表情，自顾东张西望，到处打量，嘴里自语："我是来等人的！"店里没有人理会他，他也不惊不诧，悠然自得，全然是在自己家中一般自在。一会儿，他又大声说："烟灰缸呢？"我抬头白他一眼，意含不满，他却自顾饮茶。

我跟不少朋友去燕露春喝茶，如鸿哥，就有好几次在那里见面，也见到了不同的文化圈朋友。大家喝茶聊天，后来我跟大象也去喝过茶。诗人陈大华曾写过文章说：

> 以前去过，是一位朋友在那里喝茶，把我召唤过去的，茶社紧靠南河，房子古色古香，厅堂很大，有后院。我去时，满座高朋，都是成都文化圈的人。一位典雅大方的美好女子，坐在茶海前，为朋友点茶，茶杯很小，形似酒杯，茶汤琥珀色，温度、味道都恰到好处。清谈的朋友举杯品茗，谈笑风生。看得出来，他们是这里的常客。茶换得很勤，茶的汤色和味道都很有保障，这叫"功夫茶"，茶馆里卖得很贵的。我纳闷，坐上的朋友不像是发了的人。后来才知道，这位勤勤恳恳为客人点茶的女子，是这家店的主人，姓唐，人称小唐，她自嘲"副业卖茶，主业打杂"。凡是她的朋友来了，都是她亲自点茶，而且一律免费。我一阵窃喜，终于找到地方蹭茶喝了。

这应该是初次到燕露春喝茶的心态吧。2013 年 11 月 1 日，在燕露春见到了《触摸》作者雯萍。这本书是去年出版的，当时出版社请写一篇书评，就写了，也没放在心上。大概是他们几个人喝茶聊天，说起了我，堂主才打电话给我，有了这次见面。大概第一次见到棱子也是在这一次。

　　有一回长安才子、藏书票设计家和书画评论家崔文川来成都游玩，他先到燕露春坐下来，就约上朋友来此喝茶，聊天。这样的聚会在成都是不多见的聚会。有好几次，崔文川来成都，都是约在这里见面。内蒙古第一才子张阿泉有时来成都出差，也时常到燕露春来，因在这里可以遇到成都的许多文化人，期间各种信息交集在一起，无异于是成都文化的非官方平台。

　　艺术家大唐卓玛、女书代表人物王成，时常会在这出现。在燕露春，我还遇到过文化人李嘉图、摄影家张建等等人物。不少朋友并非是冲着燕露春的茶好喝而来，是因那里常常出其不意遇到这样那样的人。

　　我知道，成都有一些茶楼，也想打造成这样的场所，但似乎很难吸引人参与进来。这不能不说堂主对文化的认知程度极高，以至于不管你是从事哪个领域，在这里都有回家的感觉，坐下来喝一杯茶就好像是坐在自家的客厅一般。这种温馨是替代不了的。

2015 年 2 月 22 日

在送仙桥

　　到送仙桥，淘古玩，大有附庸风雅的意思，也淘不到什么真品。旧书，倒是时常光顾，有盗版的，略过不看，只看那老旧一点的，也找见几册。这样的事，总是让人兴趣多多。

　　有一回，跟小小说作家石鸣、画家汪念先坐在送仙桥古玩城后面河边的茶铺里喝茶、聊天，旁边的树木开着花儿，从树上垂下来，阳光散淡地洒下来，在枝叶间，斑斑点点，倒也有几分意境。旁边几个茶客边喝茶边讲去美国演出的事，在商业社会里，这等事，真是常见，无非是做一门生意吧。

　　五一假期里，临近中午，刚认识一天的唐劳绮老师约着在送仙桥喝茶。她说，都是我们家族里的人聚会，过来吃饭喝茶。唐老师是晚清提督唐友耕的后人。偶然在蒋蓝家认识，我说对成都的历史，缺乏第一手资料，所以更多地关注现代生活。也正因这样，她说，你来看看，给你提供写作的素材。

我赶到送仙桥去，已十二点钟。他们已在喝茶闲聊。除了唐老师，还有最大的玩家江霖，人称江二哥，玩兰草、鸟笼、书画等等，无一不精。在工资只有几百块的时候，就玩上万的鸟笼，其玩法不是收藏，只是有兴趣玩一玩罢了。江大爷，民国著名画家江梵众之子，九老之人，喜坐茶馆，又有粉丝陪着闲坐。另外一位女士是唐老师的堂表姐，大家坐在一起无非是喝茶聊天。

米兰·昆德拉在《缓慢》一书里说："悠闲的人是在凝视上帝的窗口。"

喝茶得慢，正是跟这个相对应的。江大爷说起安徽，从文化人物开始，说了好多位，但我对历史人物也仅仅是知道姓名而已，对答不如流。后来说起饮食，各家均有发言。江二哥说，成都的小吃，现在都差远了。去吃龙抄手，找不到抄手的感觉，馅子不够好，皮也不够薄，就是汤，也做得奇差。

说起成都的老饮食店，江大爷说，服务那真是地道。你去馆子点菜，老板就给你先下一碗面，一两面，刚刚好。又有的餐馆，去吃包子，点了两个包子，就给一个蘸碟，吃面，老板会送上一碗汤，现在好多店不是这样的了。他说，写饮食不能光说好的一面，也该有批评。

在回忆中，那份美好，在今天也真是让人感叹。我说，我正在写茶馆。

江大爷就举个例子，20 世纪三四十年代，成都东城根街口的锦春茶楼有 3 个艺人——幺师周麻子、琴师贾瞎子、瓜子花生司胖子，各有风情。肖平曾有文章提及这段旧事。老作家铁波乐曾考证说，民国时期，成都的茶楼有大慈寺禅茶堂、悦来园、华华茶厅、德清茶社、银记茶馆等等。唐老师说，那时的茶楼都自备一个水缸，底上有洞，在缸里放上鹅卵石，水是从锦江里挑上来的，先在水缸里镇一下，再煮茶。水缸，现在茶馆里都少见了。

江二哥说，我们喝茶，喜欢这种竹椅子、盖碗茶：地道：舒服。如果换成玻璃杯，就假了，没有老成都的味道。江大爷说：那种长嘴的水壶是从重庆传过来的。成都流行的抱鸡婆，铜茶壶，烧水快。成都人喝花茶、素茶，要鲜开水才成。水不开，茶喝下去也不舒服。唐老师跟着说，我家以前有位邻居，家里很穷，但每天早上先出去喝早茶，喝完早茶再回来做家务，那真是安逸。早些年，喝早茶要五更起来，把头天喝剩下的茶，热一下，喝了再睡，也很舒服。

说起喝茶，自然少不得说川剧，江大爷是一些明星的粉丝。他说，我迷的是清音、扬琴，川剧总的来说不是很喜欢。又说起竹琴，江二哥说是梆梆戏，打道情，又称为渔鼓，现在很少见到了。江二哥边说边比画，就好像亲临现场一般。

因为写成都面馆，自然要提到老成都的面，什么师友面、铜井巷素面、撕耳面，那时最差的就是三六九面。后来我网上查了下，这面最早起始于重庆，发扬于南京。但成都的面，也真是好，吃面，不是分量越多越好，而是一两恰恰好，也最能体验出其水准如何。

这些旧事，平时在各类资料里都会遇到，但还没这么鲜活。茶是越来越淡了。喝茶就是一种生活方式。

坐在河边，风闲闲地吹着，偶尔有车路过，就站起来，把椅子搬起，让它通过，聊天就不得不中断。这生活，真是小而美，让人感叹。以后，得常常来坐坐，发现成都的生活美学。

2013 年 5 月 2 日

易
园
里

　　接触易园，还是因为有一年中法诗歌节在那里举
行。一群朋友朗诵诗歌、聊天，很美好。中间亦有拍
婚纱照的人出入，想来，都是极其美好的事情。查了
下手边的资料，那次诗歌活动是"2008成都·诗人之春"，
当时的情况记不大准确了。杨然在博客里曾说：

　　在B区间自由活动中，我与杜荣辉、羌
人六一起喝茶。我们打开了"关于成都的诗
歌氛围"话题。杜荣辉认为：成都的诗歌氛
围在全国也是少有的，羌人六也认同这个说
法。在成都近几年出现的新诗人中，杜荣辉、
羌人六、骆中几个各有灵气，对诗歌空间的
把握颇有悟性，因此这次"诗人之春"特别
邀请了他们。可惜骆中在乐山要上夜班，没
来。我对"成都的诗歌氛围"的看法是：成

都自20世纪70年代末以来，诗歌的氛围在全国是最浓厚的，从最早的骆耕野、周伦佑、石光华、杨黎、万夏他们的"四川省青年诗人协会"开始，到后来的"非非主义""整体主义""莽汉主义"，诗歌的氛围一直传承在民间，在自由的精神和本能的热爱状态中越走越远，越走越开阔，范围越来越大，层面越来越丰富。

活动是热闹的，那时的我也只是一个诗歌爱好者，跟大家聊天罢了。后来，读谢伟写的《川园子》，才算对易园有了多一重的了解。他说："没有哪一座园子能像易园那样集中而巧妙地将中国古典人文园林的造园手法和东方美学思想淋漓尽致地展现在一座园子里，它是园林的集大成者，更有大胆的突破与创新。"

偶然的一次，他在易园游玩，正巧遇见中国古建筑大师罗哲文先生。罗老先生异常兴奋，挥笔题词"传统新园，大开眼界"。对于易园的好，需要在那山水间行走，才能有所洞察吧。

不过，那时候我住在海椒市一带，距离易园遥远，去喝茶聊天，都是不大可能的事。在诗会上，人多，也无非是喝茶聊天而已，至于观察，还是得一个人闲闲地逛去。

易园的名字与《周易》相关。是在那个变化万千的世界里有着更多的哲理。我们的慧心好像都被物质所蒙蔽了，在喝茶的形上倒是真有些像，在内容上却早已远离了山水之乐了。

谢伟说，这地方景色虽是平常，却处在成都上风上水的位置上，而且这金牛坝还是过去成都县县衙所在地，曾一度富庶繁华。当年的情形已不复存在，即便风景也已无处寻觅了。即便是街巷还在，历经风雨，到底怎样的，自是无法查考。

但在易园喝茶，大有一重境界。后来搬家到三环路边，离易园近了，却很少踏进去喝茶。这原因当然在我，总觉得宅在家里更适合一些。后来再去，窄窄的大门换成了气派的牌坊，还没走进去就能感觉到了它的气场。

山水于我，喜欢之余，还能畅想。逛易园，喝茶，更是这样的，无须更多的雕琢，在庭院里，就能感受到那一重境界，只是我们喝茶的心情有了，却未必有那个时间，以至于喝茶，也就成了粗鲁、草率之举。至于茶之滋味，又能细品出多少，还真不大清楚。

作家谢伟在文章里说，易园的背后还有一家老字号的茶楼，名"大千茶楼"，当年国画大师张大千曾在此居住，且常与蜀中文朋诗友雅聚于此，文风甚浓，极一时之盛。易园便又沾上些文气了。但这也许就是风水的玄妙，一些无形的东西冥冥中在暗暗地发挥着作用，使另一事物向着某个缘定的轨迹前行。

大千茶楼还在吗？当然是无处寻觅了。现在，我倒觉得去易园喝茶，成了一种奢侈。

2013 年 5 月 12 日

兰园

夏天的时候，朱小黑约着大家喝茶，兰园，是在成都会馆里的一座庭院，小巧、玲珑。院子里有几位画家的作品，看上去也还有味道。茶是随意地泡一款绿茶，茶淡了，换作普洱，如此换了几回。那天喝茶的人多，聊天也尽兴。晚上，又相聚在旁边的一家餐馆，喝酒，我给藏书家徐晓亮带了两册书，惹得旁边美女喜爱不已，非要转送不可。这都是茶之后的余韵。

饭后，继续待在兰园聊天，喝茶。朱小黑管着茶馆的经营，自然经常过来捧场，让茶香弥漫在这空间里，有一回，旅行家大鹏来成都活动，几个人就在这里喝茶，谈谈旅行。在我，旅行，不过是对空间的一种追逐和想象，而不仅仅局限于位移。那天，喝茶喝到淡，刚好晚上大鹏有一场签售会，大家才慢慢地散去。

成都像兰园这样的单门独户的小院落做茶馆还比

较少见。有几回，朱小黑约着在茶馆喝茶聊天，泡不同的茶，品味不同的生活。我却因有事没能够去，想象着，一群人喝茶的情景，也真是羡慕。后来，又专门组织了一个周五的茶会，每回约十位朋友喝茶，这也真是一种精神的享受，像我这样的懒人，怕更多的是在叹茶的气息了。说来，在成都喝茶都不是什么稀罕事，但能把茶喝出几许景致，也还大不容易。

有一回，西安的赵国栋来成都玩，本来就打算上火车回去了。我说，要不要找个地方喝茶？他就退了火车票，直奔兰园。就坐在小院子里，有一种清淡的味道。那天喝的是竹叶青，两个人聊天，天南地北地闲扯。后来，谢惠也来了，说说书聊聊茶，也蛮好。赵国栋说，西安就缺少这样的茶馆，高级的也显得有点庸俗。这话不知是否准确，但想着西安的大唐风韵的流传，想必也差不到哪儿去，只是这里更对他的胃口罢了。

他在微博上说："在成都，在成都会馆，在兰园！偷得浮生半日闲，蝉鸣，美人如玉催心肝！催心肝！地铁站出口之成都会馆！"看上去真是一个标准的文艺青年。这样的抒情，已经很少见到了。

兰园除了三五好友相聚喝茶之外，还适宜做一些相应的小型聚会，比如画展、茶会、读书会——跟朱小黑商量是不是把读书会也放在这里，可终究是懒于行动，何况读书的人多，坐在一起聊书，一二十个人，却没了那种氛围。不过，这倒也无所谓，读书原本就是读得个性。

茶之生活在于分享，至于茶的好坏似乎都是另外的了。即便是顶级茶，没有喝茶的氛围，怕是也难以喝出几许滋味吧。这样想着，真是觉得对于茶，我们做的不是加减法，而是在努力地将更多的内容赋予茶当中，茶就少了那一份纯粹和自然。在兰园，喝喝茶、聊聊天，看看窗外的阳光，或听那雨声，都似乎多了一层禅意——据说，成都是个很适宜修禅的城市。

不过，就茶馆的风格和氛围而言，兰园所提供的或许正是那一种淡淡的气韵吧。

2013 年 9 月 5 日

　　著名作家、电视人谢伟，人称伟哥。我跟他认识时间较晚，只是他的那册《川园子》初版时，我在《成都客》杂志上写了篇短文。平时并没有太多交集。偶尔溜达，看到他的"谢伟的文字宅基地"博客，上有一篇《花影楼记》写得真好，文不长，不妨照录下来（有朋友将此文写成一手卷）：

　　　　锦官城南有小区名玉林，距市区约四五里之遥，既远闹市，亦非僻壤，可享清幽之气，又得繁华之象，素为居家宝地，置业热场。

　　　　余孤身来蓉，赤手打拼，感飘零之凄惶，祈安居之福祉。癸未岁末，余倾十年之资，购此间公寓一套。楼高七层，余居其上，顶有平台，其形正方，目测之轮广均约五丈，心忖之可植草木可设厅堂。余欣然以动土石，造屋宇山水于其上。辛苦劳乏，二月乃成，得此佳构，其乐无疆。

余之屋舍坐于北，向于南，面阔三间，其堂一，其厢二，游廊绕于前，花窗开于后。庭前叠石一峰，似山突起；有泉一泓，如出岩罅，淙淙跌落，积水为潭。两丈之遥，有池一方，潭池之间通以小溪，蜿蜒曲折，形若游蛇，水流其间，往复循环，终日鸣响，如乐萦耳。潭中饲锦鲤数尾，鳞红水碧，姿态悠然，甚为悦目。余尝手植花木藤蔓，以饶视野，计有海棠、山茶、杜鹃、红枫、丹桂、腊梅数本，芭蕉几片，修篁一丛，青藤漫壁，芳草萋萋。明年春，草木葳蕤，花似锦缎，绕舍掩石，斜探水面，花影憧憧，姿态可怜。故名"花影楼"也。

余居此一载有余，四时景色，尽得于心，细心体察，诚为乐事。春阳丽日下，余常闲读杂卷于庭前，杨柳细风，吹面不寒。时有黄鹂来访，啁啾婉转，尤撩人之情思，倦人以春困，辄闭目释卷于花间小眠。此为一乐也。仲夏之夜，余常于厅中竹榻卧听檐雨，嘀嗒生韵，旷逸清远，间或新蛙一鼓，更添乡村野趣。忽忆董桥"身在名场翻滚，心居荒村听雨"之句，觉有魏晋逸士风流。亦为一乐也。秋日暑退，桂子金黄，夜来与家眷赏月廊前，时有清风爽气泗水越林而来，桂香袅袅，萦人心怀。子夜天清，银盘高悬，邀月入户，银辉满轩，欣得古人句意，便是"庭户无人月上阶，满地栏杆影"，恍兮惚兮，犹似仙境。此又一乐也。冬来寒降，天灰似铅，蜀中草木，犹未衰耳。更有腊梅独放寒枝，振人意气于怠恹，沁人心脾以清芳。偶遇冬阳破云，暖似初春，方排脱俗务，呼朋唤友庭中一沐，煮茗把盏间，说渔樵、话桑麻，其融融然哉，岂非又一乐耳？

余之好山水泉石，自幼始之，然均于念中虚设，今天与我时，地与我所，终愿遂意顺，夫复何求？遥想唐人白乐天者，筑草堂于庐山，得山色之灵胜，享冗职之清闲，其优游之乐，不过此耳。余今亦以冗员之身得悠闲之乐，享山林清趣，不亦快哉。此弹丸山水，虽出人工，远逊庐山胜景，余却能优游其间，与乐天同愿：可"左手引妻子，右手抱琴书，终老于斯"也。

今之午时，历数月之书稿杀青，心中大悦，于庭前花间独酌，微醺而兴起，因作此《花影楼记》。时乙酉年初夏之五月六日夜。

读罢此文，真是让人向往。后来交往多了，也未曾提出去花影楼一观。去年夏天的晚上，跟鸿哥、夏公（述贵）在三林小区吃串串香。吃完饭顺便去花影楼看看。果如文中所言，让人喜之不禁。

成都的屋顶花园倒也不少，能有这般雅致的却不太多。几个人找把椅子，坐在这花园里，真是另一重天地，外面的车声人声都远了许多。

　　然后，泡茶。茶是六安瓜片。曹鹏先生曾在文章中说："冲泡六安瓜片，以精致传统风格瓷器为宜，形式与内容高度统一，最适合充分领略其独特品位。90℃开水冲泡，沏后叶底形如浮莲，晶莹清澈，回味甘甜，清香飘逸，叶底黄绿，水灵可爱。"

　　这是我第一次喝六安瓜片，味道倒真是这般美好。只是没有灯光，玻璃杯泡茶，无法欣赏茶在杯中沉浮，不免有点遗憾。大家闲话，说外地朋友来，一般很少邀请到家里坐坐，更多的是茶馆，这不像北方人，热情得不得了，不到家里坐坐，就显示不出那份热情来。

　　朋友胡竹峰在《煎茶日记》中说到六安瓜片的好："春天，喝六安瓜片，就像守着自己的红粉知己，一杯茶，分解成一口口浅浅的心事。"初夏的夜晚，泡一杯六安瓜片，是能体会到茶的精髓的。

　　几个人坐到十点钟，就约着等段时间，买一两瓶啤酒，几个人在花影楼上就可自由地喝酒、聊天，看似散淡，却又有点闲适。六安瓜片的余香，却也还在心间萦绕着……

2015 年 2 月 17 日

泓壹堂的茶

　　成都的茶馆众多，除了各种茶铺之外，还有各种类型的私家茶舍。这样的茶舍面积虽小，却有浓郁的文化氛围。它可能位于高楼之上，也可能是邻家小院，讲究的是随意、自在。

　　周末尚未来临，设计杂志主编黄秀萍约着喝茶、聊天。这样的聚会在成都很小众，随意几个人聚在一起，就可享受一个下午。这次约的地点在彩虹桥旁边的一幢楼的 24 楼——店名乃泓壹堂，听上去就令人向往。

　　茶舍，这几年在成都也颇为流行，大都有着日式茶风的简洁，几张桌椅，也透着禅意。这里，一大一小，两个房舍，大者宜三五朋友的雅聚，亦可抚琴一曲。小者也是如此，且有安化黑茶，树在房间的一角，也可做背景。这等场所，缓缓的音乐如山泉流过，倒是有几分唯美。

喝茶，聊珠串。于此，我可真不大懂得，虽然也见过不少朋友把玩此物，都觉得有几分遥远，什么蜜蜡、什么绿松石之类的，见也见了，大抵是仅仅这样，却没多少热衷的意思。看看美女介绍珠串，讲其材质，以及价格种种，真是大开眼界。有一位先生带来了战国的水草玛瑙，且见水草在玛瑙中，似有生机，又有意象，其上穿着一枚小小的汉珠。真有古朴之气，第一次见，不少朋友报以惊艳之态。

茶是临沧所产的冰岛茶，冰岛乃一老寨，生长着几百年至几千年的古树茶。平时所喝的普洱茶大都产自版纳，临沧的倒是很少喝。据闻，此地产的茶与版纳、普洱的茶有着显著差异，滋味偏向于甜爽。

关于冰岛茶，有介绍说，冰岛行政村包含勐库河以西（西半山）的南迫老寨、冰岛老寨、地界，勐库河以东（东半山）的坝歪和糯伍，也就是冰岛行政村既有西半山的部分也有东半山的部分，另外一个重要的地方是北与南美的坡脚相接，而这几个地方都有大树的勐库大叶种，现在村民将冰岛行政村的茶都称为冰岛茶，所以去收茶一定要问清楚是冰岛老寨的茶还是冰岛茶，南迫老寨离冰岛最近，约一个多小时的脚程，南迫有连片的古茶园，很多村民都可以背鲜叶到冰岛来卖。南迫向南5公里为地界老寨，也有成片的古茶园。坝歪和糯伍在冰岛老寨的河对岸，要去坝歪要过一座小桥到河对岸，坝歪茶有一定的量。从坝歪南行五公里到糯伍，糯伍多为大树茶，糯伍茶的价格和冰岛老寨相差不多。

茶之滋味，慢慢地体味。饮茶，如今的区分极为细致，除了茶树的缘由，还讲究茶树的生长环境。不仅如此，泡茶之水、泡茶心境、饮茶状态，都决定了一杯茶的好坏。这可真是高妙的境界。

茶渐渐淡了，且煮一杯茶。再换上新茶，如此体会一二三，到底又体验出了茶的真味。那可真的细心观察、品赏。泓壹堂也跟踪茶的生产过程，茶的每个环节都少不得这样的呵护，如此才能产出好茶，而后，才能有机缘品尝到好茶吧。

从泓壹堂茶舍出来，天色向晚，众人散去，我犹在回味那茶味，真好像是由此进入到另一个天地去了。

2014 年 3 月 31 日

在野风堂喝茶

　　春天，适宜喝茶，聚会。户外，春光明媚，油菜花金黄一片，连树木都着有几分春意。如此好景好天，一个人在家，真有些浪费光阴的味道。哪怕手头有要紧的事，此时也是显得懒心无肠了吧。

　　正坐在电脑前发呆，野风堂堂主蔡寅坤来电话，问在忙什么事。我就说没忙什么。那就今天聚聚，你直接来画室吧。他如此说道。于是，就打车直奔峨影厂家属区的野风堂。

　　去年的秋天，我来过一次，那次的野风堂尚是一件阔大的画室。他在画画，几个朋友坐在里面的一侧喝茶闲聊，这氛围轻松，没有正襟危坐，一张茶几，围着几把椅子，颇有古意，有的是轻松交流，他时不时说一两句话。以前也进过一些画家的画室，但那更像是工作间。蔡先生的画室与之相比，真是让人开了眼界。

没承想刚踏进野风堂，就发现画案不见了，这更像是一间展览厅，墙壁上挂着蔡先生的作品，写意中见性情，八哥独立枝头，又各有风姿。茶座还是放在原来的位置上，只占画室的一角。刚好坐在那里目光游走，远远近近的作品，尽收在眼里，一时恍惚，不由得四处看看，这样的布置倒也是别开生面。

几个朋友，在这里闲闲地坐着，喝茶，聊天。说是雅集也无妨，赏赏画，以不同的角度看，似乎可洞悉艺术的奥秘。这时，八哥在树枝间，或鸣叫或跃动，大色彩的泼墨，映衬着这小小的生灵，忽而让人走在野外的某一种场景，巧遇，小惊喜，却又有味道。

坐得倦了，不妨围绕着这些作品，逐一打望，或随意游走，各尽所好，又从不同的光线中关照，就好像是置身于自然当中，缓缓矣，徐徐而行。那花香与树木的气息交织在一起，有着庶民的快乐。

我常常想，所谓喝茶的境界，就是人与茶的共生关系，那一种环境的转换，自然中有着深意，需仔细观察才能读懂一二。于我，正是享受这份安宁。蔡先生泡茶，红茶，浓浓的情感亦与画的氛围相融合在一起。

有时间，多来这里坐坐，他说。我说，以后肯定多来。试想，有这样一个场所，比一般的会所要有情调、有味道，与其芘天酒池，不如在这里小憩。看看自然界里的种种，似乎可以呼之欲出的感觉就出来了。

说欣赏艺术，我可真是外行，只是看看而已。我倒是觉得有时艺术的高妙正是情感的自然流露，无须雕饰。一如茶之滋味，那份清淡、那份优雅，正是来自于茶叶与水的相遇。

不过，在成都这个喝茶甚多的城市，这样可赏艺术可泡茶闲聊的地方实在是太少了点，虽然形形色色的艺术馆、画廊也还有不少，但其商业味太过于浓厚，以至于难以有喝茶的氛围。即便可喝茶，却不可避免地要面对来往参观的人，倒是少了点雅趣。

喝茶归来，也还在感叹。顺便上网查看有关野风堂的评论，却发现有好些个画家将其画室命名为野风堂，那一定是喜欢这自然的情调了。而我所喝茶的地方被命名为"蔡寅坤艺术领地"。他说，这与自己的艺术工作室野风堂不尽相同，工作室是一个独立私密的艺术创作空间，是艺术家享受安静孕育艺术成果的天堂；而这艺术领地不浮夸、不媚俗、不炫耀，是属于自己的朋友，是圈内朋友畅谈艺术、享受眼福和交流心得的另一个天地。看来，有空真该多来欣赏艺术了。

2014 年 4 月 13 日

三圣乡是不少人心目中的旅游胜地。我却去得很少，因离寓所太远的缘故，总归是难得跑一趟去。那里分布着不少形形色色的小餐馆，也兼及茶馆、麻将馆等，成都周边的农家乐大多是吃喝玩乐一条龙服务。特别是老年人，天气好，成群结队地杀过去，花费不多，又能娱乐，一天下来又能交际了朋友。三圣乡是近年的佼佼者。

雷老师所说的小渔邨就在三圣乡的荷塘月色。起初我以为是小渔村，想象着钓鱼、吃河鲜的地方。不完全是这么回事。那天，跟雷老师过去吃饭，先在院坝里喝茶。

小渔邨的背后就是一片荷塘，其旁边就是草莓园。成都的春冬季节时常有草莓供采摘，这虽应季，却显示出生活气息的浓厚。因是冬天，荷塘里残荷，有种意境之美，不免想象着夏日的满塘荷叶，以及散发出来的荷叶气息。雷老师说，这里的夏天将推出全荷宴。想来也应该是有意思的事。

几张桌子靠着荷塘排列开来，隔着栏杆，看着一池荷色，冬天的阳光洒下来，温暖。在此的不远处，有一处高架桥，偶尔有火车从这里路过。再远处依稀可以望见田野。

随意要了杯青茶，无须雕饰，自然就好，一个人坐着，随手翻携带的一册书，谈民国文化名人的种种情事。说来，那个时代不是最好的时代，却因文化名人的独立个性而熠熠生辉，让我辈欣慕不已。

偶尔有一阵风吹来，成都有点像"雾都"，似乎雾霾也比往日减少了许多。喝茶，聊天，不一定人太多。相对于嘈杂的生活，不如安静地喝茶更舒服一些。

成都像小渔邨这样喝茶的地方也还是蛮多。不过，有的地方是你猛一看，感觉很好，仔细观察，就觉得俗气，与格调无缘。在小渔邨，大致能感受到一种田园之风。倘若再有几许山泉水，就更有景致了。这也是一种奢侈之想。试想，在城市里谈悠游山林，多半只能是一种想象，与现实无关。

午饭点了几样特色菜：牛腩煲、荷叶香裹仔排……再小酌一杯，也是惬意的享受。阳光太好，不舍得立刻离去，就继续坐下来喝茶，聊天的话题是天南地北，随意地聊，也无须啥主题，聊得开心就好。有时，我们不必把每天的主题精准定义，不妨以散淡的心态看待，或许会收获得更多一些。

茶，淡了。日影也薄了些。于是，踏上归程，立刻投入到红尘当中去。朋友电话约着聚会的事，好像是刚刚缓了气息。这种生活，不妨称之为疏离：与不同的空间保持适当的距离，或许更容易理解和对话。

2015 年 2 月 13 日

府南河边喝茶

府南河边的茶馆

府南河（现在称锦江）与成都人的生活息息相关，举凡饮食、茶馆、游赏等大都与此相关。倘若没有河流的存在，成都人的生活将黯然失色，至少不像今天这样的繁荣。

老报人车辐曾在《锦城旧事》里的吴小秋原型即"成都周旋"李月秋。李才十多岁，家里很穷，靠在九眼桥一带的茶馆里唱小曲为生。车辐是成都有名的文化记者，对曲艺颇有研究。一日，车辐骑自行车在九眼桥一带采访，突然听到桥头传来一阵非常悦耳的歌声，循声而去，在一间茶馆里找到了正在卖唱的李月秋，并发出"歌声像银铃一般，堪称蜀中天籁"的感慨。回到报社后，车辐立即将这次"邂逅"付诸笔端，称发现了九眼桥边的"成都周旋"，并将李月秋介绍给文化圈内的朋友们。就这样，李月秋终于有机会进城演唱，清音艺术也才能在"城里人"中推广。

《成都府南两河史话》里说到近代两河一代的饮茶："府南河水为各大茶馆提供了泡茶的水源，近河的就地取用，远的用车拉，经过沙缸过滤消毒，煮沸沏茶，既卫生，又可口，茶馆老板们都给它一个美而雅的名称：'府河香茶'。成都人最早食用所谓自来水，就是南门外万里桥起水，用管道输送到城里蓄水池，再由人从水池里挑水使用。特别是在华兴街修建的一个蓄水池，有专人挑水供应商业场，因此，商业场的茶楼、食馆博得了茶好汤鲜的美名。"

不能不提的是，九眼桥头的太平下街，也被成都人称之为竹子市。这条街临江傍水，各路商船多停靠于此装卸物资。茶馆则为他们小憩、打尖提供了方便的场所。《成都府南两河史话》说，在这条两百多户人家的街面上，竟有七家茶馆。而在中间地带就有何、蒋、俞、黄四家茶馆紧挨在一起。这些茶馆都建在依水的岸边，其房屋一半在岸上，另一半在水上，故统称"吊脚楼"。吊脚楼除可以多摆客位外，更主要的是便于汲取江水。提水木桶有的吊在手转辘轳上，有的则系于竹竿上，径直从江中提水。一般烧水房侧有一个用石板镶成的水池，池中用明矾沉淀出江水中的泥沙，然后将水舀进陶瓷缸内过滤。此缸由下到上铺设棕丝、沙粒、小石子若干层，过滤后的水直接流入瓮子内烧开，沸腾时再灌入铜壶泡茶，其味沁人心脾。

这我也从江潮老先生那里得以证实。说起成都旧时生活，好像就在昨天一般。如今自来水的改变，成都人的饮食生活距离锦江远了许多。

姚锡伦先生《成都老南门旧事》说：过去，染靛街、倒桑树街多为老旧平房，靠河岸一侧有数处吊脚楼参差错落，我过去供职于浆洗街街办，对这里情况十分熟悉。其楼临水而筑，一端紧靠岸体，另一端则依托河滩砌筑的砖柱或石磴支撑悬空而起，遂成为"江上楼，高枕锦江流"的独特景观，老百姓则形象地呼之为吊脚楼，此乃南河一旧景。无须增加宅基地，只将河滩巧加利用，的确不失为南河人家的一种聪明之举。"万里桥边多酒家"，这里有著名饭馆枕江楼和肇明饭店，也有这样那样的茶馆。

这种景象，随着府南河的改造，成为永远消逝的风景。

锦江边的茶聚

早几年，锦江边的露天茶馆很多，时常在河边坐坐，也很有意思。后来，江水被污染，散发出异味，去的人就少了。20世纪90年代锦江整治，这种状况有所好转，于是，也经常去锦江边聚会。

2006年4月22日，周六下午两点半，范美忠兄在滨江中路新南门桥旁阳光半岛茶园组织了一次天涯社区的闲闲书话版友聚会。其主题：无！大家喝茶，交朋友，交流读书心得，为以后的网友聚会活动出谋划策。记得那天来的人有十多位，聊天也很尽兴，至于具体什么内容所记得并不太多。我跟范美忠早就在草堂读书会上见过。有次去都江堰参观光亚学校，也见过一面，其后也来往过好些次，只是见面的机会少多了。

平时聚会除了这里，还经常在老南门大桥、彩虹桥那边的茶园喝茶。如2009年的8月，我们就组织了一次《成都客》聚会。那时，《成都客》创刊两年，团队已不是当年的团队，这样的聚会，不免让人唏嘘。我在第二天的博客里写道：

> 昨天下午，第一场是在老南门大桥喝茶，该到的都到了，人数有些变化，刘宇峰从海外归来，周老师也专门过来了，忙着做家务的老陈也过来了，喜欢打望美女的阿甘带着相机过来了。唐山姑娘找了半天的路终于杀到，原来这就在她的办公室旁边，疑心她找不到，就说了她单位的楼下，谁知道跑到了另外的地方了。在路上的老康，花了差不多一个半小时才到。

> 喝茶、聊天。传闻着成都的八卦。

> 六点过，终于去找地方吃东西，于是，跑到了康庄街的罗妹爬爬虾。后来，《成都日报》的陈述培也来了。党鹏独自出来，娜娜带着男友过来。我们吃完了爬爬虾，喝了两件酒。莉莉周说，她已经到AAT了。

于是，奔向第三场。其实，第三场的唱歌还是蛮精彩的。中途有的人撤退，这也很正常。好歹，活动按着计划，一步步地走下来，而且非常顺利。

更多的时候，在府南河边的下午茶，三五知己聊天，花茶、素茶都可随意地点一杯，价格也相宜，聊聊天，望望江水，偶尔遇到垂钓的人，也蛮舒服。与其说这是打发时间，倒不如说是在谋求新生活更适合一些。

在府南河边喝茶，从近代延续到今天，但那种游赏的心情似乎少了些，却依稀可以望见旧影。这也是成都茶馆的魅力所在。

2015 年 2 月 13 日

苦丁茶闲话

我刚到成都生活时，朋友介绍喝苦丁茶。喝茶当然愿意尝鲜，初入口味道有些苦，真是不敢多尝试，但喝过几次之后，就可感觉到它的美妙所在：甘甜却是来自苦后的。后来也在超市里买回苦丁茶，时不时喝上一次，如此就能唤醒味觉的记忆，保持其敏感性。这也是喝茶带来的后遗症了。

现在成都人所习喝的苦丁茶，一般是青城山所产的茶。这类茶，采用青城山区生长的冬青树的大果冬青树的鲜叶，经蒸、烘、晒、压后切成小方块即成，或用木樨科植物序梗女贞的叶子制成。史料记载，该茶已有近千年的生产历史，药用价值极高，内含丰富的蛋白质、氨基酸、维生素 B、苦丁茶素、黄铜甙碱、葡萄糖醛酸、植物固醇和多种无机盐。经常饮用，具有很好的清热解暑、除烦消渴，预防和治疗头昏、目眩、高血压、急慢性肝炎、胆囊炎等疾病的效果。

宋朝时，与毛友、冯熙载并称衢州"三俊"的卢襄曾写过一首《登摘星岭》：

自知牛斗耳，不奈晚猿何。
客鬓愁中老，秋山别后多。
扁舟桃叶渡，夜雨竹枝歌。
赖有皋卢碗，时堪战睡魔。

这皋卢，就是皋卢茶，系苦丁茶的古称。在《成都通览》里所记载的苦丁茶，是来自雅安的茶。至于详情就缺少更多的记录，想必跟今天的苦丁茶极为相似。

"苦丁茶"这个词，始见于东汉的《桐君录》，迄今已有两千年的历史。自东汉至清代，苦丁茶作为珍稀特产列为宫廷贡品。不过，苦丁茶的原植物种类及产地来源较为复杂，古往今来作为苦丁茶使用的植物有近二十种。

在日常生活中，却是极少喝到苦丁茶的，这是源于对此茶的味觉识别，总是不肯多尝试的缘故。去年，我跟朋友崔文川曾在株洲拜访著名作家聂鑫森先生，他说起养生："为去热下火，降稍高之血脂，我经常泡饮苦丁茶。"

对于这种非茶之茶，喜好者自然能从中享受到不同的茶味，而不喜好者也大概是无法享受那种茶味吧。不过，苦丁茶之所以受欢迎，更多的是适宜于保持心态的平衡。其实，在这个浮躁的时代，人的情绪很容易波动，如果没有好的心态，恐怕也难以享受生活之趣。凭借苦丁茶来缓解心理的压力，固然是一种解决方案，相对而言，倘若依靠个人意志来解决，或许会更为恰当一些。

爱茶的台湾作家林清玄曾说："喝茶的最高境界就是把'茶'字拆开，人在草木间，达到天人合一的境界。" 喝茶达到这一境界却也不易。时常我们喝茶就只是在其本味中缠绕吧，倘若超乎物外，所获得的也许就更多一些。

喝茶，虽然每天都在进行，要说修炼到几重境界，也真是不大清楚，这有点像苦丁茶。写到这里，我想起电视人刘郎的一副对联：书卷浮生意，文章苦丁茶。很显然，这苦丁茶给人的不再是单独的茶，而是融入了更多的情感在里面。

2015 年 2 月 22 日

苦荞话养生

　　这几年，突然苦荞茶一下子火了起来，连锁店开的到处都是，商场更是必不可少，连品牌都有好多种。据说，这苦荞茶有很多功效，我也就逛街的时候，顺便买上一袋。有一回，梁由之过成都，专门去买苦荞茶，问我情况如何，说实在的，逛茶店也好，逛商场也罢，总是不期然跟苦荞茶相遇，却很少动情，买上那么一回回家去。

　　大致说来，是苦荞茶的原材料苦荞，即是身处海拔 2000 米以上的荞麦罢了。《本草纲目》里说：苦荞味苦，性平寒，能实肠胃，益气力，续精神，利耳目，炼五脏渣秽。那段时间，太太查出了有糖尿病，苦荞茶作为降三高的食疗就进入了视野。

　　我也很少喝它，总觉得苦荞虽被开发成茶的系列，到底与普通意义上的茶是有距离的。偶尔家里也冲起苦荞茶，一家人喝上那么一杯，具有防上火之功效。

有段时间，亲戚来成都玩，牙龈上火，老是痛，就买了苦荞茶喝，说也奇怪，喝上一周的时间，牙痛就去除了，也就当作了日常的茶。在我看来，这并不能说明，苦荞茶真的就那么好呢。

这或许是一种偏见。但我知道的是，身处高原的好多食材是可以作为食疗的素材的，原因或许在于生于高原之上，让人想象到它们的耐寒性，以及抵抗力。但就苦荞茶而言，似乎也并非如宣传的那般美好。这就像茶作为一种饮品，若当作了一种药实在是一种误读，更何况，这食疗的过程是漫长的。

苦荞茶并不苦，其味清淡。茶喝完之后，苦荞也泡得差不多了，大可以吃下去，既可以喝茶，也可以当作茶后小食，这就让人格外在乎它的实用性，似乎只有这样才能发挥最好的作用了。

偶然上网，在微博上也有不少苦荞茶的营销。这苦荞可真是风靡一时，但就我的经验来看，苦荞茶之所以那么受欢迎，跟打健康牌大有关系。在茶的世界里，茶本身所具有的健康就是一种底色。在苦荞茶中，被放大成"养生、保健、食疗"，自然会受人热捧。有介绍说，这茶对胖子也极为有效，我也就尝试着喝上那么一段时间，也许是因为脂肪太多，其功效并不如宣传的那般明显。

在凉山，有一首苦荞歌唱的是："撒下苦荞种，幼苗绿油油，嫩叶似斗笠，花开如白雪，结子沉甸甸，荞子堆成山，老人吃了还了童，少年吃了红润润，姑娘吃了双眼明如镜，乌发放光泽，十指嫩如笋，腰细如柳枝，容貌好似油菜花，迷醉多少男人心，马驹吃了乐津津，牛儿吃了胀鼓鼓，猪仔吃了肥胖胖，小鸡吃了鸣彻彻，瘦羊吃了蹦又跳……"想象这场景，都让人觉得那一种美好，不过，这看上去更像是广告词。

茶，原本就是生活的饮品之一，习惯于茶、咖啡，都没太大的区别。但当茶披上神秘的外衣，也就让人心生别样的情感来。有一回，去逛汶川的水磨古镇，在街头卖草药的地方，看见好几种适合喝的茶，说是茶更像是花草罢了，在茶的旁边写着它们的功效，反正一袋只要五块钱，喝着试试，也许会不错呢。这样的心态换回来的回报有多少，似乎是可以忽略不计的。

这样说，喝苦荞茶，不过是贪恋健康罢了。这背后所隐含的正是时下都市人的追求和梦想。来一杯苦荞茶，似乎就过得美好了一些。

2013 年 7 月 2 日

　　成都的茶馆众多，但关于茶文化的主题雕塑、艺术总体显得很零散。前几天，去街上闲逛，看到成都市首个以茶文化为主题的市政公园——在育仁路边上的茶店子公园。这是作为 2011 年新建设的市政公园之一，当时的新闻报道里说，茶店子公园内将遍植茶树，同时辅以银杏等高大乔木，市民可以在家附近品茶、赏茶。

　　第一次路过这里，感觉很新奇："咦，想不到在身边还有这样的喝茶去处？！"在公园里走走，感受一份茶风，但走过之后，略微有些失望。

　　这个公园占地面积约 56.8 亩，总建筑面积约为 38000 平方米。公园中央是一个大的圆形广场，四周是曲折交错的健康步道，园区内的一些景观小品也多与茶相关。不过，公园看上去并没有想象得那般好，即使是有茶马古道，马匹的尾巴不知何处去了，光秃秃的，也不见有人修复。

旁边倒是有一家茶馆，看上去茶元素却并非十足，喝茶的人似乎也不是特别多。在广场上，树木也只是零星地点缀，算不上美好。若不是天气好，怕是来公园里的人，也不是很多。

这让我想到前不久看到的一个消息，著名画家张剑是地道的成都人，他已将成都茶馆系列坚持画了10多年，他坦言要将这一题材进行到底。《盖碗茶》《坝坝茶》《浓荫里的茶香》……这些作品让观者如品佳茗。张剑说："成都有深厚的历史底蕴，有别样的文化风情，成都画家应该扎根自己的本土，因此我创作的大部分题材都是关于家乡的人文景观。"如果将这些作品放置在公园里，也是适宜的吧。

在六安有个六安瓜片茶主题公园，此公园占地面积7000亩，将充分利用独山优美的自然风景和景观配置，对现有茶园进行改造升级，集茶展览、文化展示、旅游休闲多种功能为一体，试图创造一座融于自然之中的六安瓜片文化大观园，集旅游观光、休闲、生态、科技为一体的全国最大而独具特色的茶主题公园。

在扬州也有一个以茶为主题的公园。据介绍，这个公园总面积约33.5万平方米，其中水域面积约8万平方米，投资额约1亿元。有上百亩茶园，正在打造一条户外10公里环网状自行车专用健身道。

与此对应的茶店子公园，则是欠缺许多了。倘若这个公园里多一些茶味，也是很好的设想。作为公园，它应该多一些茶文化，不只是雕塑，更应该将成都的茶馆实体结合起来，打造出一个名副其实的以茶为主题的公园。

后来，我从此多次路过，每次看看，都没有什么改观，如果公园里不能体现出成都的茶文化，植被、景观都乏善可陈的话，那么，它就等同于一般的公园了吧。

在茶店子公园里喝茶，多半还是一种奢侈的设想，但愿这一天早一点实现。

后记

一

喜欢茶的味道，就在于或浓或淡的茶香。乃至于茶叶的味道,都让人迷恋。所以每天都在饮茶。

在成都，一天是从茶开始的。早上起床后，烧水泡茶，打开电脑，开始一天的劳作，至八九点钟，已泡过三四杯茶。早饭后,继续喝茶、工作。

临近中午，外地朋友来成都，约着泡茶馆，或与朋友泡茶馆、闲聊，带一册书，闲看，都好。

这就是一天的茶生活。

二

成都人的饮茶史颇久，只是这其中的故事有记录的太少。但不妨想象成都人古早时的喝茶故事，也耐人寻味。成都是茶叶生产最早的区域，由此蔓延成茶文化，这是成都对茶的贡献。但多年来，成都对茶文化的探讨少了（每日饮茶，早已习惯了茶故事，实在过于平淡嘛）。

由此思想，若是以文人的视角看茶，也更有意味一些吧。可惜在饮茶之余，致力于茶文化的研究，似乎太少了些，更多与茶有关的智慧，隐藏在茶客学里。不过，多数时候，喝茶让位于休闲而已。难得有机会上升到更高的哲学话题。

再由此思想孔孟之学发于山东，其后的蔓延却走向世界，在山东，谈孔孟之道的，也是极少的人群。这其实是文化的必然性，若是能保持一贯的姿态、势力，非一时一地就能完成的。

三

茶之道，在成都依然有践行者。茶馆的风行，以至形成了茶馆学，对茶馆的布局、格调、环境等等进行深入研究。在当下，更是涌现出了茶楼文化来。我的朋友说，到成都来，一定得有一两家茶馆是必须去喝茶的地方，也即最能代表成都的茶文化的所在。

要做到这个大不易，茶楼的软件、硬件需有更多的细节规划，最为重要的是有浸润茶文化并懂茶的人来做最好。不是有句话说，最美的是人吗？如果服务跟不上，即便是再美好的环境，也给人有缺憾的吧。

我们平时到茶馆里饮茶，并非是在意茶馆环境如何，而是茶客之间的交流、互动，各取所需，那是完美的弧度。缺了这一点，大概就失去了泡茶馆的意义。

四

走，泡茶馆去。下午，这样的邀约不断。尤其是在冬季的成都，不管工作多忙，只要出点太阳，成都人就如过节般的盛大。这当然跟成都阴霾的天气有关。坦率地说，在成都，每一天饮茶，都可找出饮茶的理由（有时闲着无事也可构成饮茶理由）。这即是成都的市井生活。

有人说，在成都，不是在茶馆，就是在去茶馆的路上。皆因成都茶馆有数千家之多，无论喜好哪种风格的茶馆，都可找到去处，在这一点上，对爱茶人士来说，是再幸福不过的事情了。但一个人平时喝茶当然不会跑遍全部茶馆，只去最喜爱的就是，比如在顺兴老茶馆吃饭、饮茶、看戏，有时会带外地朋友去，却总觉得过于喧闹，不太适宜饮茶聊天。

安静的街巷，坐在沿街饮茶，也是一道风景。现在这样的茶馆也少之又少了。各个公园里都有茶馆，但总是不如意的多：人多，喧闹，当然老板喜欢这样的生意，对茶客来说，就少了点趣味。

五

倒是有不少朋友的办公室、家里可以喝茶，十分惬意。这样的朋友大都是文化人，经营着与文化相关的业务，有精致的茶盘，或小巧的饮茶空间。三五个人随意饮茶、闲聊，无须担心打扰。那一份宁静正适宜少数人饮茶，至于茶的品种有多少，并不是太在意。有时闲着无事，去朋友的单位饮茶，也是一大乐事。

不过，有时担心过于打扰朋友的办公，也就去的次数减少。有段时间，我热衷于行走，某天从朋友的办公室旁边路过，刚好有段时间没联系了。打电话问问，倘若空闲，就去讨一杯茶饮，聊聊天，再继续自己的旅程。

六

有朋友说，饮茶是减法，越简单越好。又有朋友说，饮茶是加法，这就如同"互联网+"一般，通过饮茶将身体里负能量一一减去。如此云云，在我听来都有些许道理。

可我还是觉得，不管我们以怎样的思维看待饮茶，只是为了赋予茶一定的概念。因此在此问题上，我倒觉得，应该让茶回归于茶当中去，少一点概念，多一些茶味。

炒作茶的概念，可能会一时火爆，但终究在茶生活里有多大的作用和效果，却还是一个未知数。

七

懂茶，就是洞察茶里乾坤，如何在茶江湖里，演绎并生成有生命的故事，也是对饮茶生活的考验。

我曾有诗句说茶:"千万般的变化,终究难以抵达茶的温和,那一抹温暖是茶带给人的享受、礼赞。"是的，没有了茶，我们的生活可能就枯燥许多吧。

此书即收录这些年的饮茶心得，从中可以窥视一个爱茶之人的心曲。

八

有茶，真好。

泡上一杯茶，开始写这篇后记，刚好文字写完，茶也淡了。那就开始一杯新茶吧。

在茶的世界里，能够领略到天地宽阔、岁月静好，这一重茶之道，也才是茶赋予生活的涵义。

2015 年 8 月 12 日

相关书目

《茶馆：成都的公共生活和微观世界，1900—1950》

《茶铺》

《大师们的成都岁月》

《成都通览》

《茶之书》

《茶叶秘密》

《把盏话茶》

《茶叶江山》

《茶之原乡：铁观音风土考察》

《闲闲堂茶话》

《成都竹枝词》

《巴蜀茶文学史》

《四川制茶史》

《成都茶馆》

《锦城旧事》

《成都府南两河史话》